U0672072

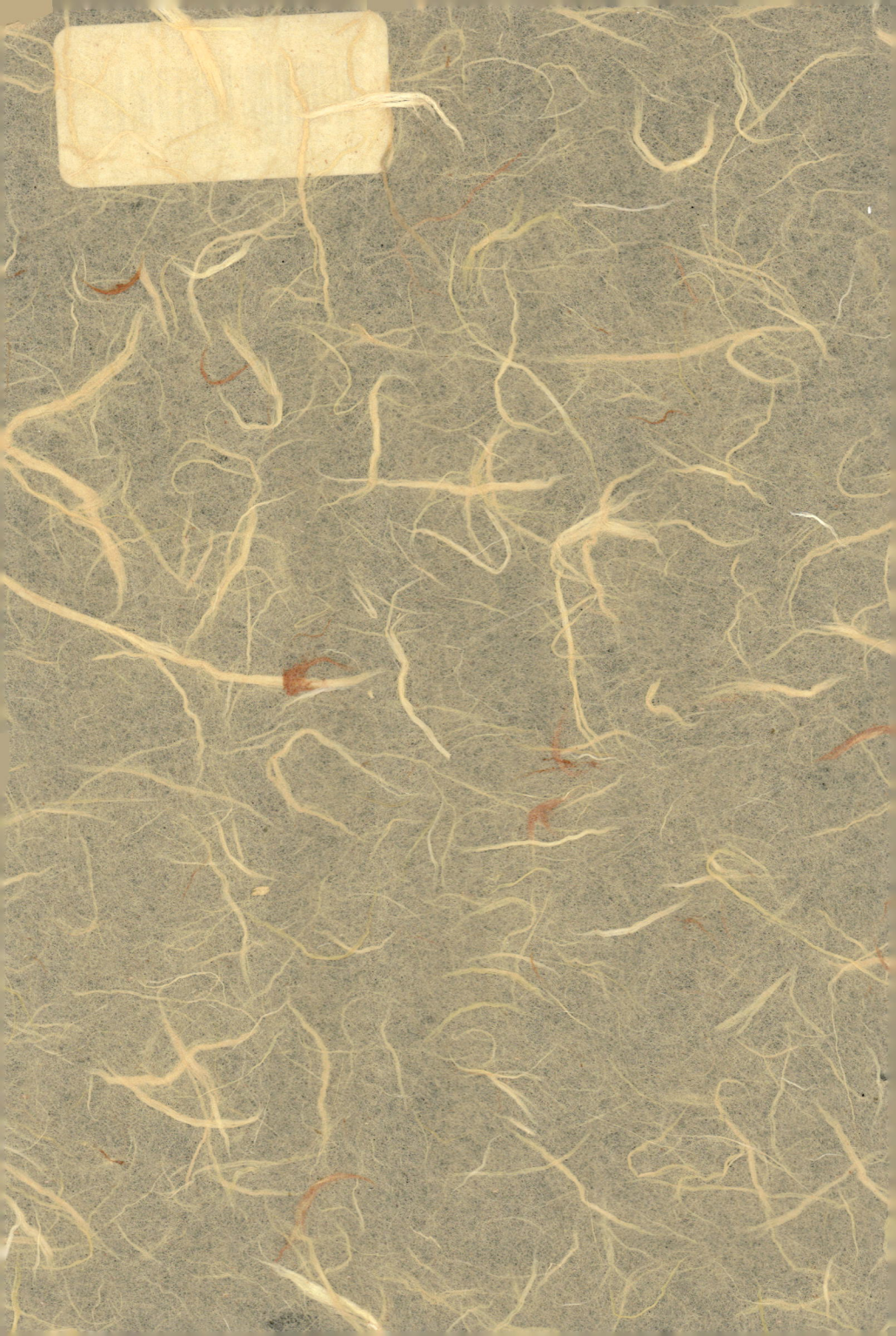

李尚龙 编著

初

CHU SHENG

生

浙江人民出版社

图书在版编目（CIP）数据

初生 / 李尚龙编著. —— 杭州 ：浙江人民出版社，2023.1

ISBN 978-7-213-10799-3

Ⅰ. ①初… Ⅱ. ①李… Ⅲ. ①短篇小说－小说集－中国－当代 Ⅳ. ①I247.7

中国版本图书馆CIP数据核字（2022）第234526号

初生

李尚龙　编著

出版发行	浙江人民出版社（杭州市体育场路347号　邮编　310006）
	市场部电话：(0571)85061682　85176516
责任编辑	祝含瑶
营销编辑	陈雯怡　陈芊如　张紫懿
责任校对	姚建国
责任印务	程　琳
封面设计	宋哲琦　厉　琳
电脑制版	杭州兴邦电子印务有限公司
印　　刷	杭州富春印务有限公司

开　　本	880毫米×1230毫米　1/32	印　　张	8.875
字　　数	202千字	插　　页	1
版　　次	2023年1月第1版	印　　次	2023年1月第1次印刷
书　　号	ISBN 978-7-213-10799-3		
定　　价	49.00元		

如发现印装质量问题，影响阅读，请与市场部联系调换。

序

　　这些故事,都来自生活。有些高于生活,有些低于生活,有些类似于生活。

　　最近一年,我组织了一个写作大赛和写作训练营,请了业内的前辈帮我当评委看稿子,接着,我们收到了几千个故事……

　　一年里,我和我的编辑团队从几千个故事里挑选、打磨了十个能打动我们的故事,帮助作者把那些想表达的细节一点点复原,直到回归原有的样子。

　　这些故事,因为真实,令人难忘。如果可能,我想把更多这样的故事,讲给你听。

　　愿在一个个难熬的夜晚,能有故事点亮你的生活。

李尚龙

荐　语

这"一束"故事,乍看上去如一束手榴弹,迸裂出生活的硝烟,然而待你看到硝烟散去,满眼却是五彩的烟花,绚烂的朝霞。硝烟来自真实,烟花来自想象,而朝霞,来自未来。正如书中的《爸爸的白衬衫》所写:两头猪是硝烟,养猪场是烟花,而那件白衬衫,是未来。在这些故事里,昨天已远,未来已在,人间值得。也正如该书最后一个故事《初生》的隐喻:过去不会过去,因为未来永远不断初生。走在太阳下,活在月亮上,朋友,别错过每一种光。

——作家、编剧　宋方金

缺点就像影子,一个人如果没有缺点,只能说明他要么站在正午阳光下,要么隐没在黑暗中。大多数情况下,没有影子的人是隐没在了黑暗中。正如《阴影楼》中讲述的故事一样,每个人都不可避免地拥有不可告人的阴影,阴影隐藏在过去、当下和未来,与我们形影不离。正是因为有阴影的存在,我们才渴望更光明的明天。别惧怕阴影,它只是你的一部分,远不是全部。你倒退,它永远在你前面。当你转身向前时,它就被你甩到了身后。就像《梦中的白船》中主人公所期待的一样,我们所向往的追求的人生,也许终将难以抵达。但不要紧,所有的痛苦,终会过去。唯一永恒的,是用心写下的文字,在时间中熠熠生辉。

——作家　何常在

《梦中的白船》书写逝去之后已成记忆丰碑的过往。《左手》写女儿和母亲两代女性之间的复杂感情和相爱相杀。也许正是因为这些围绕在自我周围的不自洽,才激发了我们每一个人的战斗欲。虽然我们都生活在泥土中,但我们的理想都在月亮之上。

这就是我们对抗生活的绝佳理由。

——作家、编剧　宋小君

小时候做过一个梦,恐惧让我从梦中哭醒。当时梦里的我已经长大,我梦到了在我年幼依稀开始有记忆时,便"出远门"

了的太外婆,梦见当时还健在的最疼爱我的外公外婆,梦见我心爱的爸爸妈妈,梦见这些家人一个一个相继离我而去。我们就像是《人间兜风者》里作者描绘的蒲公英,被风吹着跑,不知道终将停留在哪里。

——演员　蓝盈莹

目　录

爸爸的白衬衫

高 蔚
飞驰成长签约作者,国际贸易业务者
以最简朴的文字直击人心

再次行走在德国的街头，公司合伙人邀请我见一位经济学家，准备公司上市的最后事宜。夕阳下，从哈勒一维滕贝格大学出来，边走边聊，同行的翻译巴赫先生兴致勃勃地邀请我去参观附近的一个养猪场，说我们早餐吃的培根就来源于那里。稍感意外之余，才想起畜牧业是这个城市的名片。

　　漫步走过一小段开着野花的小径到达猪场，赫然出现在眼前的是一个个独立的大格子和每个格子里一群白色的猪。

　　见有人来，一些猪开始变得活跃，哼哼地晃悠着向我们靠近。巴赫在滔滔不绝地给我讲解，我却在第三个格子面前停住了脚步，微笑地看向躺在角落里眯眼睡觉的那两头猪，觉得它们好像我们家多年前被卖掉的那头：一样肚皮上有一块黑斑，一样半眯着眼睡觉。

　　参观完养殖场，我们来到一家服装店，在一堆衣服里，我看见一件白色的上衣。我的思绪回到了小时候。

　　作家阎连科说，年代存在，是因着记忆。

　　我想起我家养的第一头猪，它是爸爸从他同学家赊账买的。作为20世纪70年代的高中毕业生，因为家庭成分，爸爸虽然一肚子学问，却终生都没能走出农门。同学的父亲是隔壁村的村支书，据说很喜欢能识文断字的人，于是同意我爸先将仔猪带走，养成后卖了再给钱。

那年，我九岁。之所以记忆深刻，是因为那年的冬天，我见到并穿上了生平第一双皮鞋。

同村的武叔那时在省城一家皮革厂烧锅炉，有生意头脑的他，回家过年的时候背回来半麻袋皮鞋。男孩款女孩款各种尺码都有，一律黑色，没有鞋盒，每双都是靠鞋带系着，以便区分哪只和哪只是一对儿，全部两元一双。那天后晌，武叔趁着太阳好，将麻袋底部向上一提，鞋子就一股脑儿地摊在了院子里。大人们迅速围上去细心挑选适合自己孩子的码数，小孩子围在边上好奇地看着。偶有几个淘气的，会嬉笑着钻进人群，将鞋子翻过来翻过去。

妈妈本不喜欢凑热闹，架不住隔壁的拴嫂一个劲儿喊她去看看。妈妈犹豫了一会儿，终于也挤进去选了一双，然后转身递给了我。片刻的意外之后，我顾不上试穿，将鞋子紧紧地抱在怀里，似是怕人抢了去一样，开心地跑回了家。晚上，煤油灯下，我趴在被窝里悄悄把鞋子拿出来，从鞋头看到鞋跟，将鞋带松了紧，紧了松，还意外发现鞋面上竟然有星星点点的花纹。我一边想象着明天穿上它时会是什么感觉，一边用手指蘸唾沫将鞋帮上几点小污渍轻轻拭去。最后，小心翼翼地把它们放在自己床上两层被子的夹层中。

那一夜，因为担心鞋子从被子夹层中掉下去，我几乎不敢翻身。

第二天一大早，我特意在洗脸后，对着镜子偷偷擦了一点姑姑抽屉最里面小铁盒中的香粉，把棉袄领口和下摆扯了又扯，然后才开心地穿上新皮鞋，在零下十几度的清晨，满心欢喜，一蹦一跳地走向几里外的学校。

课上到一半，我觉得脚底似乎有小虫子在爬，接着脚心开始发麻，继而蔓延到整个脚和腿。放学回家的路上，每走一步都是钻心的痛，像踩在刀尖上一样，我咬着牙抬腿，但根本控制不住眼里的泪水。正在灶前忙活的妈妈，看到我满脸泪水一瘸一拐扶着腿回来，也看到了我脚上那双鞋。她冲过来一把将我背起来，让我坐到灶前凳子上，轻轻抬起我的脚，小心地解开鞋带，才发现脚被冻得红肿，脚背卡在鞋面上，脚踝深陷在鞋口处。在我的连哭带喊声里，妈妈硬是将鞋子给扯了下来。

妈妈一边把我的双脚拽进她的怀里紧紧捂住取暖，一边生气又心疼地骂我："你傻吗，这是单鞋，不是现在穿的。"

"可是我想要一双新鞋。"说着说着，我就哭了。

"咱不哭，等你爸买来的那头猪养大了，卖了钱，妈给你买皮棉鞋穿。"过了一会儿，妈妈擦了一把我的泪说。

几个月后我才知道，那根本不是皮鞋，是简易人造革。鞋内里其实是一层硬纸皮，妈后来用水一泡一刷，鞋里的纸皮就像雪花一样一片一片地脱落下来,撒满整个水盆。

那雪花散落在我童年的记忆里。

因那头猪和我的皮棉鞋连在了一起,我对它的照料也更加上心。冬天,我和妈妈扒开被大雪压住入口的地窖,跳进去掏地瓜,然后煮熟了拌好食喂它。三伏天的时候,我和妹妹用棍子抬水浇在猪圈地面上给它降温。每天放学后去田间挖猪草,为了将青草洗得干净些,有一次我差点掉进十多米深的水井,幸亏被同伴一把抓住。

"小猪小猪,快长大吧。"每次看它吃东西,我都对着猪棚默默地说。

猪被卖掉的那天,我在学校。放学回到家,猪圈空了。

盼望了那么久,我应该很开心才对,毕竟马上就能见到我心心念念的皮棉鞋。可是,我没有。看着空荡荡的猪圈,我竟然觉得皮棉鞋有点可恶,仿佛是它带走了那头猪。又觉得自己好像也是有点可恶的,因为是自己想要那双皮棉鞋。突然地,对皮棉鞋的喜欢就淡了。第二天,我找爸爸要了五毛钱,一个人去集市,在角落里靠墙坐下,租看了一上午的小人书,直到摊主催我还书,他要收摊了。

我回到家,才知道爸爸一直想要一件白衬衫,但他听到孩子想要读书,于是把钱给了我。最终,那头猪带给我的是《杨门女将》《岳母刺字》,好像还有《哪吒闹海》。那是我最初的课外书阅读记忆。

后来，我要上大学了。只可惜，是民办大学，不转户籍不调档案，不太有面子。

那一年的七月九日，是高考的第三天，我瞒着家里所有人，偷偷放弃了最后一门高考科目，只为赶着参加外婆的葬礼。可惜，当我走了二十多里的乡间小路，跌跌撞撞赶到时，外婆已经下葬了。到最后，我还是没能见她一面。在那片空无一人的树林中，在那座新起的坟茔前，我忍不住泪流满面，长跪不起。

彼时的我根本想不到，十八岁时的那个决定，那一场扭头就放弃的考试，造成了一个无法弥补的遗憾，我足足用了二十年才停止回望。

很多年以后，我眼前常常会浮现出得知成绩的那个下午。校门口的巷子里，爸爸用力推着破旧自行车走在前面，我低着头默默跟在他身后，谁都没有说话。夕阳将我们的影子拉得好长，偶尔投射到墙上，影子就像是薄薄的纸被折叠了一下，又像是我和爸爸的腰被地面和墙面合力掰弯了。我闷头抠着已经被咬得很秃的指甲，右手的拇指和食指在与左手中指上的一根肉刺较劲。最后，肉刺被拔掉带出了血，我没觉得疼，反而在心里莫名涌出一种叫作"可怜"的感觉。分不清是可怜爸爸，还是可怜自己。

"复读一年吧。"爸爸突然说，语气很坚定。

我没吭声，继续抠指甲。

"我等下去买包好点的烟，找老师说说，看能不能关照一下。"爸爸继续说。

"我不去,你也别去。"我顶了一句,继续低头摁着仍在冒血的指甲缝。

"不读书咋行?"爸爸停住脚步,看着我。我知道,以他对知识的渴求,以及终生没走出农村的遗憾,断然不会接受我就此罢休。

"读,但不复读。"说完,我紧迈几步越过爸爸,走到了前面。

"那中。"过了好大一会儿,身后传来爸爸的声音。

但每学期3345元的学费,对一个没有固定收入、仅靠土地勉强过活、正在供养三个孩子读书的家庭来说,不啻一个天文数字。屋内,爸爸低头抽烟,一口接一口。妈妈也低着头,缝补弟弟的裤子,偶尔将缝衣针在头皮上轻刮一下。弟弟翻来覆去地摆弄他新得到的火柴盒皮,用手掌在地上拍来拍去。妹妹在写她的作业。而我,在低着头抠手指甲。

"实在不行,把另外两头猪也卖了吧?"爸爸轻声和妈妈商量。

妈妈手里的缝衣针正扎进补丁,手猛地停顿了一下,才又将针头穿引出来。

"嗯。"妈妈点了一下头。

"就是可惜了……"妈妈又低声说。

"就这样吧,老大上学当紧。"爸爸深吸一口气,用力抽完最后一口烟,将烟屁股扔掉,又用鞋尖蹍了几下,走了出去。我和妈妈也跟着一起走了出去。

爸爸出去找人了,去找隔壁村的屠夫来看价格,还要找邻居们帮忙逮猪。妈妈叹了一口气,将缝了一半的衣服放在脚边的笸箩筐里,转身走进了厨房,盛了一些玉米面调出一小盆猪食,端着走向了猪圈。我跟在她身后,她一边"啰啰啰"地唤猪过来吃食,一边打开篱笆门,走进圈里。两头猪听到声音围上来,拥挤着将头伸进盆里大口吃食。猪都没有被拴起来,村里老人们说,不拴的猪可以在猪圈里随意撒欢跑,长得快。妈妈随手捡起一根小棍子,一边搅拌猪食,一边轻声地说:"吃吧,吃吧,吃饱了好上路。"

不一会儿,邻居们都来了,院子里一下子热闹了起来。几个年轻力壮的大哥,拿着绳子走进了猪圈。猪受到惊吓,开始在圈里不停乱窜,一个大哥突然上前抓住了一头猪的两条后腿,顺势将它提了起来,仅剩前蹄着地的猪开始大声叫。在猪的剧烈挣扎中,大哥衣服上蹭了一些污泥和猪食的残渣。又上来两个人,将猪整个抬了起来,先悬空,然后摁倒在地。他们七手八脚用绳子将猪的前后蹄捆好,抬出了猪圈。剩下的那头猪蜷缩到猪圈的一个角落里,身体不断摇晃,伺机逃脱。邻居团叔将绳子打成一个大大的活结,扔到猪的前面,不一会儿猪前蹄就晃动到活结里,团叔用力一拉,猪直接被拉趴在地上。几个人迅速围上去,将它也紧紧地捆住。

团叔边拍着手上的污泥,边笑着大声对我说:"闺女,要不是为你上学,这猪咋也不能卖啊,多可惜啊! 等你将来挣钱了,一定要记得给你爸妈多买几头好仔猪!"周围的人笑成一片。

"叔,你错了,等俺妹挣钱了,就不让她爸妈养猪了!"一个大哥打趣的声音响起,引来更大的笑声。

爸爸这时也带回了隔壁村的屠夫。那个屠夫因为脖子右侧常年有一个大大的肿包,又满脸麻子,人送绰号"包麻子"。

包麻子嘴角叼着烟,眯眼围着躺在地上哼哼叫唤的猪转了两圈,又踢了一脚猪屁股,然后慢悠悠地对爸爸说:

"老弟,这猪刚开始长膘,卖了可惜了。再说这样的猪,杀了也不出肉啊。"

"没办法,帮帮忙吧,孩子要开学了,学费还差点。"爸爸强撑着笑脸说。

"好吧,我收了。不过价格比成猪每斤要便宜一毛五。当然,如果你觉得不满意,可以再找其他人看看。"包麻子作势要走。

"找啥其他人呀,不找了,你拉走吧。"爸爸扭头看了妈妈一眼,回答了包麻子。

妈妈放下手里刚才端起的猪食盆,慢慢走到捆猪的位置,用剪刀小心地将两头猪脖子上多余的麻绳剪断,然后将麻绳紧紧攥在手里,走向大门外。

猪被抬着丢进车斗里,包麻子又接过爸爸递的一根烟,别到耳朵上方,笑嘻嘻地挥手上了车。妈妈紧跟上,走了几十米才停下，对着他们离开的方向，轻轻抖动手里的绳子，前前后后地晃动，口中不停"啰啰啰"地唤着猪，还小声念着：

"走吧，走吧，吃饱了，上路吧。"

"保佑我家下一头猪，多吃多长，顺顺利利养成啊。"

这是我唯一记住的事情，那时我面无表情，和那些猪一样，对自己的命运毫无所觉。

没过多久，要开学了。从未出过远门的我提出自己去学校报到。爸妈没有反对，因为家里也实在承担不起两个人的路费，但妈妈坚持让爸爸骑车送我去县城的汽车站。出门前，妈妈一边叮嘱我书包里有可以在路上吃的鸡蛋，一边不停地摩挲着我背上的行李，轻声地说："要好好哩，想家了就写信。"

"嗯。"我低着头回答她。有几滴眼泪落在我的衣袖上，洇湿了一小片，妈妈也哭了，似是怕我难过，她轻轻拍了几下我的胳膊，转身回了屋。坐上爸爸自行车的后座，我再次扭头看时，妈妈变小了。看我回头，她抬起右臂，努力挥动着，我懂她的意思，她在对我说——去吧，去吧。

三十多里的路，爸爸一直弓着腰，猛力地踩脚蹬子，迎面的风让他那件旧得发黄的白衬衫的背面鼓了起来。不知道为什么，我心里突然莫名内疚和害怕，手一直抓着车座的架子，却不敢像往常一样抓爸爸的衬衣。好像一碰爸爸的衣服，他就会转头对我说什么。可是，一路上爸爸一句话都没有说，只是不停地蹬车。

破旧狭小的候车室里，靠近风扇的座位已经挤满了人，我和爸爸在角落的一个位置将行李放下。爸爸看起来有些狼狈，满脸的汗水，衬衣松松垮垮地扎着，有几处已经被汗水打湿，头发也因为一路的风吹变得非常凌乱，没有了往日的斯文和儒雅。我眼眶有些酸涩，不敢再看爸爸，于是故作轻松地看了一下四周，然后对爸爸说："爸，你回去吧，我自己能行。"

爸爸随手抹了一把额头的汗水，轻轻甩了几下手，看着我说："嗯，那我走了，到了给家里来信。"

走了几步，又转回身，说："别担心钱，你妈在家养猪，我也能干活。"

我低着头，轻轻地"嗯"了一声。看着爸爸远去的背影，胸口一直发酵的膨胀感和酸涩感瞬间直冲上眼眶。我在热闹又熙攘的人群中，泪流满面。

"等我有钱了，给你换一件白色衬衣吧。"因为伤心，这句话一直没说出口。

以后很多年，从来没有什么时候比那一刻更渴望自己有钱，有足够多的钱。那样，我就可以留住我家的猪，就可以不让爸爸为难，不让妈妈流泪，就能给爸爸换一件白衬衫。也是在那一刻，我暗暗告诉自己，无论多难都一定要有出息，都一定要努力挣钱，给爸妈买整圈的猪回来，让他们在自家院子里开养猪场，谁也不准带走任何一头。

民办大学没有补助，我想课余做家教，但高考落榜生的身份更使得家长不放心把孩子交给我辅导。从上大学的第二个月起，我便知道自己和班里其他同学都不一样。只有我，每个月的最后一周要拿着汇款单去学校东南角的邮局兑回两百元，那是我下一个月的全部生活费。一百五十元吃饭，五十元购买日常用品。我着实无法得知爸爸妈妈是如何做到每个月准时汇钱，以保证我下个月的生活不至于断顿的。我只知道那三年，邮局柜台边的工作人员换了一茬又一茬，而我一直拿着同样面额的汇款单，寒来暑往，不曾改变。

不知道是宿舍太过阴暗潮湿还是身体抵抗力太差，大二下学期，我突然生了一场怪病，背部起了大颗疱疹。从一开始的零星几个，拖到最后整个背部都是，继而蔓延到了脖子上。校医不敢贸然医治，建议我去市里医院皮肤科检查。走出医务室的那一刻，我担心的不是自己得了什么重病，而是支付不起市里医院的医药费，又或者我付完医药费，剩下的半个多月怎么过。

贫穷和困顿，会让活着这件事，变得异常真实。

舍友是本地人，她推荐了她亲戚在市区开的一家皮肤科诊所。医生是她姨夫，人很热情。查看了我的背部和脖子后，他没有解释是什么原因，只是简单地说，要用镊子把全部的水疱都连根拔掉。如果运气好，就可以治愈了，不过他也要我有心理准备，水疱也可能像韭菜会再起，需要再拔。背部衣服被撩起后，我趴在被帘子遮挡的手术床上。皮肤暴露在空气里，能清晰地感受到护士先为我擦了一层类似酒精的消毒药水。稍后，医生靠近了一些，将手中凉凉的金属镊子按在我的背部。一瞬间，又麻又凉的金属触感从背部传到脚底心，我忍不住打了一个小小的冷战。

医生轻声说了句："忍着点。"

几秒钟后，水疱被拔下瞬间的剧烈疼痛感，完全代替了镊子在背部一下一下的挤压感。我第一次清楚地感受到了自己皮肤被撕裂的真实，我甚至清晰地听到镊子发力瞬间，水疱猛地被连根拔起，然后一小片皮肤脱离背部。这种声响，像沉闷的夏日午后，大大的雨滴骤降在厚厚的尘土上，"噗噗噗"地响。

一颗，两颗，三颗……

着实不明白自己是想转移对疼痛的注意力，还是不由自主地担心医生将按照拔的次数收费。总之，我疼到一次又一次皱紧眉头、咬着下唇，同时从头数到尾，整整四十八下。

漫长的时光终于结束，医生建议缠一层纱布，以便减少不洁净的触碰。我说不用，我会尽量小心不碰到衣服。也婉拒了医生提出的口服药辅助消炎的建议，我说我会多喝水。在忐忑和痛麻混合着的感觉中，我被告知费用一共是96.5元。终于松下了从开始就提着的一口气，赶紧摸出兜里那张一百元的钞票，小心地递过去。

再次感谢后，离开。

在路上，如果不是无意中看到公交车站台上锃亮到可当镜子的广告牌支架,我可能一直都不会知道当时自己的样子有多吓人。衣领虽然遮住了一部分脖子,但是外露的几颗水疱被拔掉后,凹陷的伤口处,鲜红的血仍在向外渗,几条弯弯曲曲的血迹使得整个脖子看起来非常恐怖。愣怔了几秒钟后,我赶紧手忙脚乱地将衣领竖起来,顾不得考虑拉紧了衣领会不会导致衣服贴到伤口,只是用手死死攥住衣领两边,以免其松动让人看到里面的模样。

在距离学校还有三站的时候,我下了公交车,我算过,这样可以省六毛钱。

站牌正对着的是一家肉联厂的大门,下班的工人正三三两两地走出来。每次路过这里,我都会忍不住地想,每天有多少猪在这里被屠宰?有没有像我家的那种还在长膘就被宰了的呢?不远处的路边,一个炸爆米花的老大爷正坐在凳子上"呼哧呼哧"地拉动风箱,他时不时翘起炸筒,顺便通下炉火。

七八个放学路过的孩子,叽叽喳喳地围着炸筒跑来跑去,惹得老大爷一直喊他们离远点,别烫到。继续往前走,是一个修车铺,车棚下,一辆破旧的自行车轮胎朝天放着,两手油污的修车师傅一边转动手里的扳手,一边抽空掐住烟的一点过滤嘴,猛抽几口。突然"嘭"的一声巨响,我猛地转身,修车师傅瞬间抬头。原来,是老大爷的爆米花出锅了。早已等候在一旁的小孩子们顾不上烫,纷纷挤到一起抢着去捡那些掉出袋子的爆米花。得逞后,他们一边往嘴里塞,一边笑着跑开。看着老大爷无可奈何的样子,我和修车师傅也都笑了。又向前走了一会儿,感觉背部越发疼痛了。那是一种带着黏腻感的痛。大概是走路出汗了,汗水渍到创口,又或者是衣服摩擦皮肤导致的,想来背部渗血的情况应该比脖子严重多了。我不得不努力地挺直身子,尽量不让衣服粘在背部。带着强烈的不适和痛感走进宿舍时,舍友们正在热火朝天地讨论隔壁的一个女孩。原来,因为和男朋友发生了争执,女孩半个小时前一气之下将金戒指扔进了学校的湖里。

鲁迅先生说得非常对,人和人的悲欢真是不相通的,我并没有觉得她们很吵,只是心想,那戒指,如果给我该多好。

几天后,收到爸爸的来信。信上说家里一切都好,让我不要担心,妈妈又养了两头猪,春节前后又可以出栏了。

又过了一年,我以年级第一的总成绩通过了所有考试科目。老师让我在讲台上向大家分享学习经验。照例感谢了父母、学校和老师之后,我半开玩笑半认真地说,之所以想拼命学习,还有最后一个重要原因,那就是补考一科需要50元钱,我是真的补不起啊。

讲台下,传来几许笑声。

我知道,我的命运就此要改变了。

有些执念,一旦开始,就如春天的杂草,在心里暗自疯长。继而蔓延到骨子里,滋生出一种叫作坚持的东西。只是这一次,从西北到东南,我走得更远。家乡那个小县城定然是容得下我的，可是我却容不下自己在那个熟悉的空间里回忆曾经的一切，那想要送爸爸妈妈一圈猪的愿望，强烈到战胜了所有的念头。

可我不知道，这世间有一种遗憾，叫来不及。

八月的广东，毒辣的太阳下，结束了午休的员工们大都无精打采地低着头，从宿舍走回办公室上班。我微眯着眼走在人群里，隐约看见不远处篮球场上的水泥地面，有一层层的热浪在上下不停翻滚，像食堂大锅里的沸水。瞬间，感觉空气更热了，于是，我忍不住走得快一些。电话响了，眯着眼睛举起手机，是妹妹。

"姐！"电话一接通，妹妹的哭音传来。

"咋了？"我瞬间停住了脚步。

"姐，姐，咱爸，咱爸……咱爸出事了……"妹妹边哭，边断断续续地说着。

"你别哭，说事儿，爸咋了？"我的语气里有抑制不住的急躁，像是突然被人往后脑勺使劲拍了一巴掌，有点愣怔，又有点害怕。

"咱爸……咱爸被车撞了，到医院已经……不行了……"妹妹从抽噎变成了大哭。

一瞬间，世界静止了。

妹妹的哭声消失了，我身边走过的三三两两的人也消失了，空气里的热也不见了，什么都没有了，耳朵里只剩下"嗡嗡嗡"

的响声。

过了好一会儿,我茫然地把手机从耳边拿下来,再看一次屏幕,是妹妹的电话。我又抬起脚继续走,走了几步才发现那是通向篮球场的路口。顿了几秒,抬头看了看不远处的办公室,转头,继续走。

"不可能的,一定不可能的!"

"是妹妹听错了,爸爸没事的!"

脑子里不断涌入的各种声音,让我的意识慢慢开始聚拢了回来。临近办公室的楼下,我听到了自己颤抖的声音,对妹妹说:"别怕,我坐最早一班飞机回家。"

八个多小时以后,我站在爸爸面前。爸爸,安详地躺在冰棺里。

我呆呆地站在门口,泪水瞬间涌了出来。我下意识地摇头不愿意相信那是爸爸,甚至想转身跑开。可是我发现自己根本动不了,双腿似是承受不住头顶突如其来的重压,不停地颤抖着。我在泪光中扭头看向妈妈,求助地看着她,多希望她告诉我,这不是真的。嗓子已经哭哑的妈妈被婶婶搀扶着,看到我后,再也忍不住拍打着冰棺大声喊:"你不是总念叨老大吗,老大现在回来了,你起来看一眼啊!你起来!你起来啊!"

妈妈的每一个字都像是刀子,一下一下狠狠地插在我心脏上。我闭上眼,感觉千疮百孔的胸腔有血在喷溅,那血汨汨地四处流淌着,好疼啊!

失去意识的前一刻，在冰棺的花束中间，我看到了爸爸那张熟悉的脸。

"外力致使左侧三根肋骨断裂，折断后插入心脏和脾脏，导致腹腔出血死亡。"双手颤抖着接过法医鉴定报告，我泣不成声，心痛到弯下腰，我揪紧胸口衣服张大口呼吸，可仍感觉像要窒息一样，喘不过气来。我根本不敢想象，这突如其来的痛爸爸要如何承受，身边空无一人的他，在离开这个世界的那一刻，该有多少话想说啊！可那个曾发誓要让他过上好日子、要给他买很多很多头猪、要让他开养猪场的我，那时又在哪里？这瞬间阴阳两隔的滔天遗憾，谁来告诉我该如何弥补？

交通局里，我接受调解的条件是单独见肇事司机一面。

狭小的禁闭室，一个二十八九岁面容憔悴的小伙子，用惊恐又胆怯的眼神看着我。我不停深呼吸，努力地克制着自己的情绪，尽可能让声音保持平静。

"我是你撞死的那个人的大女儿，我来就是想问问你，我爸……我爸去世前，有没有说什么？"我无法不哽咽，开始我也不愿正眼看他，但说完这句话，我开始有勇气盯着他了。

"好像……好像说了几句，可……可是我没听清。"他眼神闪躲，不敢看我，过了好一会儿，才怯怯地回答道，然后又低下了头。

他的话让我开始发抖，一想到爸爸那一刻的样子，锥心的痛就再次席卷我全身。我再也控制不住情绪，泣不成声地喊出声："我赶回来的时候，杀了你的心都有！ 你为什么要疲劳驾驶？为什么？为什么你犯错，要搭上我爸爸的命？你告诉我为什么？我不想要你赔钱！我给你100万，求求你让我爸爸醒过来，和我说一句话！只一句话就好……"

"对不起！对不起！对不起！"他深深弯下腰，不停地说。

我深吸了一口气，还是开了口：

"我家同意和解，也会在谅解备忘录上签字。不是你值得原谅，是因为我妈说我爸永远回不来了，我家已经散了，你也有媳妇孩子，将心比心，不想也搭上你家。我爸一辈子都与人为善，如果他在天有灵，相信这是他愿意看到的。但是我妈让我转告你：这辈子你都要记住，你身上背着我爸一条命。因为你，这个世界上多了三个没有爸爸的孩子。"

走出交通局，我一个人，哭了一路。

爸爸的灵柩在家里摆放了三天，我白天张罗葬礼的细节，晚上就和弟弟妹妹打地铺陪在爸爸身边，像小时候一家人躺在院子里乘凉时那样和他聊天。我把枕头紧挨着冰棺，面对着爸爸侧躺，轻声对他说，爸爸，你应该再等等我，等我挣钱了，给你买好多好多头猪，让你和妈在家开养猪场，我再给你多买几件白衬衫，买名牌的，不发黄。我又说，爸爸，你放心吧，我答应你，一定会照顾奶奶、妈妈，还有弟弟妹妹的。

我还说，爸爸，你知道吗，我好想你啊，你一定也在想我吧。

当对生猪讨价还价的幅度从每斤"一毛五"变成了"一块五"的时候，我已经在东南沿海这个城市打拼了二十年。用七千多个日日夜夜，一点一点地填平了十八岁那年的那道命运裂缝。

我曾在不同公司的流水线上，生产过家具、皮鞋、灯饰、摩托车气缸和铝门窗。

我曾在一家初创公司工作，一个人活成一支队伍。白天做跟单、采购、人事、前台，晚上加班到深夜，清晨六点再爬起来做文件。

我也曾因为太累，体力不支晕倒在路边，是报刊亭的大爷看到，好心救了我。

我甚至曾在压力大到几近崩溃的日子里学会了抽烟。公司会议室的大沙发背后，我低着头，曲起一条腿坐在地上，刘海遮住眉眼，任凭眼泪一滴一滴砸下来。一根烟抽完，狠狠地擦一把脸上涩涩的液体，继续冲向车间。

太累的时候，不是没想过放弃，很多时候勇气只有一瞬间，一旦我们略微迟疑，刹那过后就有无数杂念。是那个刻在心中的执念，支撑着我，不允许自己杂念横生。

就这样，我有了第一个100万元，第一个500万元，有了自己的公司，完成了D轮融资。我终于挣到了足够多的钱，多到可以给爸爸妈妈买很多很多猪，多到可以让他们开很多很多养猪场。上市前夕，我陪同合伙人去了德国，我想起了父亲，那个已经活在记忆里的人。

可惜，爸爸永远都不会知道这些了，他已经十六年都没有和我说过话了。

身在异国他乡，回忆却越发清晰。原来，生于那个世界的我，能一路从苦涩和拧巴、自卑和孤傲、纠结和对抗里，甚至从失败和打击里爬出来，大概是源于爸爸妈妈给了我一颗坚强又乐观的心，一份面对困难的倔强，以及与生活死磕到底的一腔孤勇。

可惜，世间几乎所有的爱都指向团聚，唯独父母的爱，指向别离。

当某一天，别离来临，骤然失去。余生的日子里，遗憾和思念将会如一根牛毛细针扎在心中，隐隐作痛，移不走也抚不平。那种感觉，就像是过了许久，久到你以为自己已经学会遗忘了，却在某天突然看到一件白衬衫时下意识地想：

哎呀，我要给爸爸买一件，他最喜欢这个样式的了。

我掏出信用卡，走向那件白色衬衫，我要买下它。

故事背面

问：你的身份？

答：从事外贸销售业务。一个十六岁孩子的妈妈。

问：你写这个故事的初衷是什么？有原型吗？

答：这是发生在我身上的真实故事。我老家在河南，但是我现在在广东佛山，因为新冠肺炎疫情，我已经两年多没有回去祭祀，可能是这种特殊的环境和时间点，让我在看到"失去和重生"这个主题的时候，一下子就想把心底那些对我爸爸的怀念和遗憾写出来，这可能也是一种很特殊的怀念爸爸的方式。

问：你最希望谁看到这个故事？

答：如果有可能，我希望我爸爸能看到，但我知道不可能了。所以我也希望那些为人子女或是为人父母的人能看到。希望每个人都能珍惜和父母在一起的时光。

问:你怎么形容你和父亲的关系?

答:上大学以前我们像是师生关系,因为从小很多东西都是我爸爸教我的,比如唐诗宋词、认字等,他就是我的半个老师。同时我们也像好朋友,他从来不会强迫我做任何事情,在我犯错的时候不会责骂我。我们都善于用语言表达感情,虽然我从没有直白地说过我爱他,甚至没有一张合照。

问:现在你和孩子的关系是什么样的?觉得自己是否在之前的那种关系上进步了?

答:进步了。当我爸爸发生意外的时候,我的孩子还很小。然后我忽然意识到这种遗憾不能在我和孩子身上重演。我和我的孩子现在很亲密,虽然他是一个上高一的男孩子,正处于青春期,但是他每天中午都会给我打一个电话,告诉我他今天过得怎么样。这也算是弥补了我的遗憾。

问:你觉得在写完这个故事之后,你自己内心有什么改变吗?

答:有。其实爸爸的事情是我这么多年生命里最大的遗憾,所以在写这篇文章以前,关于我爸爸的事情我是不敢去触碰的。因为我总觉得,如果我在家,如果我不离开家,可能爸爸就不会出意外。而且我们都没给对方留下只言片语，他就离开了。写了这个故事之后，我获得了一种抒发和解脱。因为我发现原来可以用另一种方式纪念爸爸、怀念他。我的内心也没有那么压抑了。谢谢龙哥，鼓励我写完了这个故事。

问：你现在在路边看到白衬衫还会有一些感觉吗？或者你看到其他什么东西会有一些别样的情感？

答：会有感觉。其实我爸刚去世的时候我都不敢出门，也不看手机，因为看到任何东西都会想起我爸，会觉得很适合他，可是我已经没有人可以送了。尤其是白衬衫，当年我爱人刚转业的时候他们单位发了制服，就是白衬衫，但是他很少穿回来。我决定写白衬衫的时候，突然就哭了，觉得有一个没找到的东西突然被我找到了。白衬衫就是我爸爸喜欢的东西，也代表了我对爸爸的遗憾和情感寄托。

问：会有很多人看到这个故事，你有没有什么想对大家说的？

答：作为子女，我们所想到的回报大多和物质联系在一起，或者说和物质有关。但是父母却不会在意这些。我希望这个故事可以向大家传递更多的爱，和物质无关的爱，因为有些遗憾我们真的一生都弥补不了。珍惜当下每一分钟才是最重要的，因为在意外面前我们每个人都无能为力。享受和亲人在一起的每一分钟吧,别给自己的人生留下遗憾。

问: 你觉得如果要再去动笔写一个短篇故事,这个题材可能会是什么?

答: 我的生活圈比较窄,可能还是会写八十年代的农村,我父辈那个时代的故事。这也是我比较擅长的。

公司上市后，我空了会去旅游，上一次我飞到了新西兰，在路上，我听到了一个房东和她的阴影楼的故事。

阴影楼

杨熹文
青年作家
野路数的奋进少女

这件事发生在十五年前。

那几年新西兰的移民来势汹汹，纽币兑换人民币的汇率一日比一日低，一些找寻着更好生活的人，从大洋彼岸真真假假地听说着，眼见那稍稍富裕的家庭把自己还未高考的调皮孩子连推带搡地送过来，城市小职员不知从哪里得了消息迫不及待地辞了职，山沟里的妈也为苦娃子凑钱买了一张单程机票。他们就这么单枪匹马或拖家带口地来了。

可是谁也没想到这地方生活也艰难，来是来了，可留下来总是个大问题，生存已经足够让人疲惫，一张绿卡又令人绞尽脑汁。漂洋过海的人们急躁而恼怒，尤其是那些从前站在包装厂干大苦力十二个小时的工人，钱和签证都失去了，只得半恼半忧地为自己寻出路。

方太太就趁着这当口儿问许太太："小许，你瞧，现在移民的生意这么火，你不张罗一下？"方太太才来七年，就眼瞅着自己从一截枯死的芽，长成了一株圣诞树。五年前和老公闹离婚，她心狠起来，把他所有的财产都带走了，用这笔钱买下一栋三层的楼房,生生地扒下他一层皮。方太太离婚后,在自家三层的楼房里塞满了人,也不管七八个人共用一间厕所有多逼仄,心安理得地把送到手心里的房租,换成一条又一条首饰。

你别小瞧这些靠房子营生的中国太太,这些年,但凡手里有一两栋房子的人都发了家。这些太太多半出于什么原因独着身,却从不缺依靠,她们套着玛丽或露西一类的名字,踮踮脚就能把半个身子探进当地的主流文化里,就算不踮脚,也能在满地苦命的中国人那里寻一处舒适的地儿,她们有钱,不必同别的女人一样急忙找依靠。

一百多年前冒险来到大洋彼岸,用勤劳换取财富的华人祖先们,大概从不曾料到,这时的华人们,竟能抓住时代机遇,靠房子发家。

方太太见许太太闷头做晚饭不出声,就自顾自呷了口茶:"小许,你是不知道,像你这样的房子,虽然老旧,但最值钱,两层楼,四间屋,两两打通,租给那些假结婚的人,一男一女各自住一间,半夜若有人来查,就能从暗门躲到同一张床上去。我可是刚刚办成了一桩,暂且不说咱帮人家拿了绿卡,这一年光是纯收入就有八万纽币哩,还不算正常房租,这好事你哪里找去?"方太太一双眼睛瞪大了,又看见肉进了许太太的锅,冷不丁大嚷一声:"哎,小许,人家以前都说你傻我还不信,这下可见识了,你真不是一般的傻,这肉哪有蔬菜便宜,你就这么做饭养着那些穷租客,糟蹋着自己的钱?"

　　许太太抬起眼。她是一个年龄不详的女人，男人们猜她只有三十五，女人们暗地里说她五十五，她的皮肤白皙无褶，身材也还是玲珑的，按说这样的女人靠哪种方式都能过得快活，可许太太的眼里却没有了光。她把一锅炖排骨盛进碗里，这才和许太太说了话："可是你让这些人上哪儿去？"

　　许太太说的这些人，是那每月给癌症母亲寄钱的陪酒女郎，是那带个五岁孩子东一份工西一份工打着的苦命女人，是那个签证早已过期狠心"黑"下来，总是说着"我再赚一年钱就回老家"的男孩，还有阁楼里住着的那个寂静无声的作家。这么多年来，许太太这里人来人往，好似成了收容所，那些找不到去处或出路的人，她统统收留了进来。这都是一些被践踏到社会底层、只剩一丝气息的人，许太太把他们的命一条条捡回来，她从不跟他们说"你这周房租呢""少用一些电吧""有人偷吃我的米饭了"，她给交不起房租的人无限延期，天刚冷起来就开上电暖器，连饭都给每个人备了一些储在冰箱里。她知道这些人苦，早年她也尝过苦，尽管他们所尝的，不是同一种苦。

　　方太太见许太太一心刷着锅，自讨没趣，茶也没喝完就告辞了。心受了冷落，临走时嘴巴要过过伤人的瘾："小许，你瞧瞧你过的这是什么日子，我给你出的主意你也听不进去，再过些日子，怕是所有人都知道这赚钱的法子了，到时候可就轮不到你了，更何况这可是个阴影楼！"

　　人人都叫它阴影楼。

　　人人都知道许太太有一栋阴影楼。南半球阳光全年充足，却偏偏越过这屋顶，这房子在低洼处，门前又有一条混浊的沟，周围几栋同样的房子近几年也三三两两地被移走了，最后只剩下许太太守着这暗着冷着阴闷着的地儿十几年。没有人问过许太太从哪里得来这一栋房，这些年来来往往的租客也从不好奇，低廉的房租和许太太沉默的善良，弥补了遮在头顶的大面积阴影。当然，也从来没有人问过许太太为什么一直单身，又为什么这把年纪连个孩子都没有。在这里，每个人都带着故事来，每个人也都带着故事走，好奇心是粗鲁的。

　　许太太的眼里也是有过一场热情的。在二十岁出头的那年，她和一个大自己很多岁的男人私奔来此，男人抛弃妻子一事闹得轰轰烈烈，年轻的许太太也给父母留下一张字条就离开了，那一年她的父亲得癌症去世，母亲哭瞎了眼，不久也跟着去了另一个世界，许太太带着愧疚，再也没回到那个叫作家乡的地方。而这个和她一起私奔到南半球的男人，面相英俊、气质潇洒，一口流利的英文让他在这里如鱼得水，不久竟成为当地小有名气的人。谁料到家乡有人走漏了风声，男人的妻子终究带着儿子赶来了。许太太记得，那是个胸脯扁塌、脸皮焦黄的女人，却有着一副吵架的好嗓子，她站在许太太和自己丈夫建立的爱巢面前大吵大嚷，那一年，男人成为这个区域的华人代表，他输了许太太也不能输了自己的好名声。

　　男人最终带着妻子和儿子另寻住处，他发誓要尽早离婚来娶许太太。那年许太太多美,哭的时候都能哭成一幅画。男人也到底还是大度的,偷拿出一些钱给许太太买下一栋房,就是这座许太太未曾离开过的阴影楼。年轻的许太太眼里只有爱情,从早到晚地盼着他。

几年过去,男人只是勇猛地在她身上欠下数笔风流债,不再谈结婚的问题。一些债变成许太太的相思,另一些变成无法长留人间的小生命。许太太最后一次暗示他,那男人只是说:"我已抛妻弃子来这里,难道这不比你的名分更重要?"许太太不吭声,转身钻进了阴影楼最暗的角落里,她已经怀胎两月半,还未成形的小生命就在那之后的一场痛哭中失掉了,连同那孩子一起失掉的,还有许太太此生做母亲的资格。

男人后来就消失了,听说他带走了一个十八岁的女孩子,也听说他早已经和妻子秘密离了婚。他去了澳洲、美国,还是别的什么地方,他没有给许太太留下任何线索,只给她留下这一栋阴影楼,还有这个原本不属于她的姓氏,让她念着想着回忆着流泪着。许太太这么多年来就一直住在这,靠房租营生,人们都知道许太太是热心肠,话不多,没有孩子,穿着得体,她自己是个沉默的人,却喜欢看自家房子热闹起来,而她总是把这楼里进进出出的年轻男女,当作自己的骨肉疼。

那天下午,方太太刚走不久,住在二楼的女人突然敲响了许太太的门,她一张脸红着:"许太太,和你商量点事,我要搬走了,下个月就结婚了,不是什么大富大贵的人家,但起码有张绿卡,也有份正经工作,我和小宝也能有个依靠了。"她把一包糖往许太太怀里塞,朝着缠在自己大腿上的孩子看了一眼,脸又红了一层:"许太太,我惦念你这些年对我们太好,但我没什么东西能送给你,真不好意思。"

许太太忙收下糖:"说的什么话,找个能依靠的人也挺好。你和小宝在我这里住了三年哩,还要多谢你们才是。"

当日晚上,许太太就见独身的母亲带着孩子坐进一辆汽车里,那里面的男人冲着许太太轻轻点了头,眼神从上到下地打量着她,露出些不安分的内容。许太太看着他们走远,心里叹着气,一张绿卡,一张绿卡,还是一张绿卡!这些年眼见无数年轻的姑娘带着淘金般的眼神来,只为了一张绿卡,好像这是抵达永久幸福的通行证。这些年轻姑娘会为自己寻好出路,大部分用勤劳交换着居住下来的权利,却也有些人在用爱情,在用身体,为了不能说的秘密嫁上一次又一次。

许太太望着远去的车子出了神,这些走投无路的独身母亲拖家带口地嫁给别人,生活也不见得会好下去,那么多的女人仿佛受蛊惑般不顾一切地到这里讨生活,天真到还以为这里满地黄金满地爱情。许太太叹着气,有再多的话也不敢轻易说出来,许太太是她们的谁,又有什么资格这样说?许太太回屋里,拆开喜糖袋,却发现那里面掉出一个信封,信封中塞了五百元(指新西兰元,下同),一张字条写着"许太太,谢谢你"。许太太在心里又叹了一口气。

那一周的末尾，许太太又见男孩子开始收拾行李。那男孩子看到许太太，一脸内疚："许太太，我想了好久都没有告诉您，我这回真的要走了，我要回国娶个媳妇，就算卖豆腐也比在这'黑'着强！"他这么说着，就从身后取出一幅画，"许太太，我这几年白白吃了您那么多的饭，我把这个留给您，您一定要收下啊！"很久以前，许太太曾经说过一句："这画真好看。"男孩那时只是说"这是从家乡带来的念想，爷爷祖传的画"。想不到如今这画竟成了告别时的纪念品，许太太接过画，给男孩盛上最后一碗饭，看着他吃完离开了。

许太太的房子空下来，一时间手头也吃紧了。房屋租赁市场真如方太太当初说的那样，越走越艰难，最后破屋烂房都没了竞争力。许太太熬了几个月，靠陪酒女郎和作家的房租死撑着，最后还是靠孟太太介绍来一个要租房的姑娘，孟太太嘴里还替许太太可惜着："哎，小许，我听方太太说了，你死也不愿意把房子改建，租给那些为了绿卡假结婚的，现在倒好，身边这么干的都发了财，你这赚的是干净钱，但也比不上人家那不干净的来得快啊……"

许太太不吱声，只等着姑娘来。这姑娘满头大汗地来了，左肩膀扛着一个大包裹，手臂上挂着许多长长短短的袋子，带着初来的拘谨和慌张。姑娘的几缕头发贴在脑门上，干涩的嘴唇蒙上一层白，但也礼数周全地说着："许太太您好，我是伍梅……"许太太接过那些袋子，姑娘犹豫着想说什么，许太太笑着摆摆手："不怕的，找到工作再交房租吧。"

许太太帮着这个叫伍梅的姑娘落了脚，当下就感慨，姑娘长得真好，一头乌黑的发，线条也好，那细长的眼睛，眼神里面全是好东西，小巧的鼻子和嘴巴惹人心疼，皮肤也白净得像漂过似的，只是眉心有一颗痣，怕也是个苦命的孩子啊。

许太太还寻思着给这姑娘找份谋生的工作，可伍梅住下几天后便开始早出晚归。不久，她的门前就出现一个男孩子，三天两头跑到姑娘屋里去。许太太从阳台上看下去，这男孩一脸痞相，举手投足都不客气，她以为这是姑娘在哪里结识的男朋友，可是有一日却无心听见伍梅说："哥，这是我这周的工资，你少赌一点，还是多还一点债吧。"男孩"嗯嗯"地迈过了门槛，头也没有回一次。

伍梅来新西兰投奔伍天，只因听说哥哥要给自己办绿卡，听到信儿没多久就在众亲戚朋友的羡慕里，匆匆忙忙拎着行李出国了。伍梅家在小镇，出国七年的哥哥就是全家的希望，这些年的全部收入和积蓄都寄去了那个遥远的国度，终于有一天等到伍天打来电话说："爹妈，我拿到绿卡了，让梅子来吧！"守在电话前的爹妈乐得合不拢嘴，当下就去向邻里炫耀了，回来不忘对伍梅说："看见没？咱家就得指望着你哥！你也争点气！"

伍梅从小就知道，一家人的希望全寄托在哥哥而不是自己的身上，自从哥哥远走他乡，爹妈更是把绿卡当期盼。伍梅不是个聪明的孩子，老早以前就整日跟在哥哥身后，为他所有的调皮善后。伍天读书时不写作业,就把伍梅的那一份抢去交作业;伍天恋爱时喜新厌旧,分手时拿伍梅当"挡箭牌",让她挨前女友的骂。伍梅一身慢脾气,谁惹了都不急不恼的,做父母的也逢人就说:"我家儿子争气,闺女就让人操心呐!"他们嘴上这样说,操的心却都是为伍天。

可这一次伍梅却不愿意了,她是一边哭着一边收拾行李的,自己两年前就跟镇上开药店的李叔家的儿子小虎好上了,好不容易两个人都找到了一份体面的工作,就要和父母摊牌,结果就遇到这事了。伍梅和小虎说了出国的事,他一脸要哭的表情:"咱不去不行吗? 你就不会反抗一下?"伍梅说:"爹能打折我的腿。"气得小虎三天没理她。伍梅收拾好行李的那天,去了小虎那,进屋还没看见人影就听见声音了:"伍梅,你真好命,有个在国外的哥哥,这就要把我忘了吧。"伍梅走到小虎跟前,硬生生把他头上蒙着的被子拉下来,自己又解开胸前的扣子。半个钟头后,伍梅把散开的头发拢了拢,穿好了鞋跟他说:"等我三年,我哥说了,三年我就能拿绿卡。"那虎生生的男孩翻个身,穿上衣服扣紧扣子:"三年,等你。"

临别那天,伍梅故意慢着收拾行李,又惹来父母的一阵骂,千叮咛万嘱咐不要给她哥添麻烦。伍梅什么都听得模模糊糊,只是望着远处,她都想好了,如果小虎这一刻出现,她就扔下行李和父母,撒腿就和他跑,她伍梅从小窝囊到大,勇气是独独为这一刻攒着的。

可是小虎始终没有出现,伍梅就这么紧赶慢赶地走了。

伍梅出了国才知道,哥哥伍天闯了多么大的祸,他染上了赌瘾,这些年先是把学费输干净,然后把家人寄来的生活费也输得不剩了,接着又输跑了谈婚论嫁的女朋友,最后输得连自尊心和廉耻心都没有了,输得只剩下她这一个老实巴交的妹妹。他哪里有什么绿卡,催着伍梅来,是因为自己欠下高额的债,一个人乱了阵脚。伍梅在落地第二天就用那双细长的眼睛看到,伍天为了还债,跟着同乡在餐馆里炒菜赚钱,老板可怜他,让他晚上在店里打地铺。伍梅兴冲冲赶来的时候,伍天却抱着头痛哭,说自己是混蛋,怎么就偏偏赌博上了瘾。伍梅知道了只是叹气,她从来没反抗过,以往所有的荣耀都因哥哥而来,再委屈也得帮他撑。

伍梅来了,脚跟还没落稳,伍天就给她寻了一份工厂的活儿。这些包装厂二十四小时作业,只靠双手不靠嘴巴赚钱,工资低时间长,最后人人都熬成一副行尸走肉的僵尸相。伍梅一周在那里站七十个小时,满脑子都是小虎的脸和伍天的债。她心里愁着,却也盘算着,帮伍天还完债,她就回去和爹妈坦白,和小虎结婚。伍梅这样想着,第一次发了工资就去找伍天,却没在餐馆里看见他,倒是那同乡笑了:"你去旁边的酒吧找他吧!"

伍梅纳闷着,总算在餐馆附近的酒吧里找到他,伍天正坐在一台老虎机前,眼睛盯着屏幕上滚动着的图案,不断从兜里拿出硬币塞进去,伍梅叫了声"哥"。伍天眼睛不看她,丢进最后一枚硬币,骂骂咧咧地把老虎机的按键砸得噼啪响。酒吧的吧台旁坐了一水儿高大的白皮肤男人,盯着伍天,一脸疑惑。有些人是靠肾上腺激素猛升的快感维持活着的欲望,其中就包括输掉最后一枚硬币的伍天,他连自己的赌债都忘在脑后了。

伍梅拉住伍天:"哥,咱们走吧,我发工资了。"

伍天这才看了伍梅一眼,看她从兜里翻弄出一沓子钞票。伍天从中抽了一张,和伍梅讲:"梅子,你不知道,这一键按下去,运气好的时候就是个一千元哩!"伍天不动地方,两分钟后,一张钞票花完了,二十分钟后,一沓子钞票花光了。伍梅坐在伍天身边,急得都要哭出来,伍天也恼怒得满脸通红,最后机子里只剩下两元余额,伍天"啪"的一声按下去,屏幕突然黑了,游戏室里一阵刺耳的响声,伍天蹦起来,吓了伍梅一跳。伍梅这才知道,伍天中了"jackpot",这不早不晚按下去的一下子,抵得上伍梅两周的工资。

伍梅寻思着今晚再去工厂加个班,就跟伍天说:"哥,你记得剩下点钱去还债啊!"她走出酒吧的那一刻还不知道,喜形于色的伍天在接下来的三十分钟内,把刚刚赢到手的钞票又一张张输进去,而她也并未察觉,那个吧台边喝着威士忌、秃顶松皮的老男人,目光未曾离开过她的身体,在伍天输光刚刚赢来的全部的钱时,他又适时递上去一整沓,他那时心里已经打起了伍梅的主意。

许太太近来的晚餐丰盛了一点,特意盛出来一部分给伍梅留着。自从许太太无意间听到伍天去赌博的事,她就想着给伍梅的房租降一点,可总是见不到她的人影。伍梅早出晚归,就连房租都是在每周二留在门口茶几上的。这天晚上,许太太照例在楼上边看电视边织毛活。家里还剩一个房间未租出去,让许太太手头紧巴巴的,她花几个晚上织了些小孩子的毛衣,卖到街角那家店。陪酒女郎已经回家,作家大概还在阁楼里写着什么,伍梅也该回来了吧?许太太这样想着,却听见一阵响动,一个粗野的喘息声从哪里传出来,多年来住在这里的陪酒女郎偶尔失足几次,许太太都默许着。她去楼下厨房盛一碗汤,打算去敲伍梅的门,却撞见个衣衫不整的蓝眼珠老男人从伍梅的屋里走出来。许太太吓了一跳,又赶忙跑上楼。那一晚,浴室里传出的流水声格外漫长。许太太在楼上放起音乐,却心神不宁,把手里的毛线钩错了一次又一次。

那一天伍天输掉了老头的七千元,老头一双蓝眼睛眯成一条缝,把烟圈吐到伍天的头顶,慢慢地说:"这钱三天之内必须到我手上,不然……"老头把话留了半截,非要凑在伍天的耳旁说。伍天当晚在伍梅的房门外坐了一宿,他听见妹妹低声的哭泣,拖着鼻涕恨自己不争气。天边刚泛白,伍梅打开门,叫醒了缩在地上的伍天:"哥,我干。"

伍天真的不赌了,他每次看见老头去找伍梅,都要偷偷在心里哭一场。伍梅每次从伍梅那里接过钱,都要失眠一整个晚上,他不敢告诉伍梅,自己还有五万七千元的赌债,五个债主都下了最后通牒，限伍天一个月内速速还上，不然就断了他半个胳膊，寄到他家。可是伍梅还是知道了，她去找伍天的时候看见了他手机里没来得及删的恐吓短信，她沉默着，装作什么也不知道，可是心里却偷记下那个电话号码，当晚就去见了债主。那一天伍梅开始知道，她的漂亮，原来是可以用来抵债的。

伍梅在那个晚上想起了还在家乡等着自己的小虎，就提笔写了封信给他。几个月后，爹妈却把同一封信寄回来，又在信底下加了一行字：人家早结婚了，还把你给了他身子的事到处说，你丢尽了咱伍家的脸。伍梅盯着那几行字，也像输了什么一样，从此对什么都没有了抵抗。她让那些男人在自己的房间里进进出出，抵去几百元的债务，这楼里的阴影，也罩在了她的心房上。

这一天，许太太心里烦着，几个月来她总是能听见伍梅房间里的响动，她不知道自己是该去找伍梅谈一谈，还是假装什么都不知道。一个年纪轻轻的姑娘就这么被毁了，她还有哪条路？就这么想了半天也没得出结论。她又想起作家已经一天没下来吃饭，就把中午剩下的饭菜热了热，又拿上酒杯，往里面倒上一点威士忌。

敲响门的时候，作家的眼神落在许太太的身上，这让她脸颊上飞快地闪过一丝绯红。一转眼，作家已经在这里住了整整十年。作家不矮，却因为多年伏在桌前，使许太太差一点忘记了他的高大身形。他有四十几岁吧，抑或是四十岁不到？这十年里，阴影楼外的什么都在变，似乎只有这里面的许太太和阁楼

里的作家没有变。作家的眼神依旧单纯忧郁,声音也低沉好
听,许太太不自觉地脸又红了一通,问他:"你又在写啦?这次
写什么呢?"

作家说:"一个爱情故事。"

许太太也不问个究竟,作家却先开了口:"我在写一个单身
女人和一个作家的爱情故事。"

作家看着她,也不说下去,偏偏让许太太独自去咂摸。许太
太却慌了,胡乱编了理由就跑下了楼。她这会儿在镜子前看了
看自己,胸脯好像又下垂了一点,脸上也隐隐约约长出几颗斑
点。她在心里叹着气:再好的男人也不愿意和一个不能生孩子
的女人在一起吧。许太太拿出剩下的半瓶威士忌,给自己倒了
点儿,喝到胸口发烧。

伍梅不久就怀孕了,挺着大肚子,可那些男人接着来,高矮
胖瘦,都是同样的猥琐。原本改邪归正的伍天再一次赌瘾发
作,这一宿在赌城运气不佳,可人人都知道他有个漂亮的妹妹,
甘愿借钱给他,再幸灾乐祸地看着他流水般输掉十几万元。伍
天去找伍梅,发誓再也不赌了,可是伍梅的眼里除了顺从,一点
光亮都不见了。

伍梅临产的那几天,许太太四处联系着医院,可伍梅执意不
去,她求伍天找来个接生婆,塞给她二百元。接生那一日,连续
一天一夜,伍梅在屋子里咬破了毛巾,汗湿透了床铺,就是没喊
一声疼。等到接生婆接过许太太备好的红包告辞时,伍梅半倚

在床边,脸色惨白得像死了一回。许太太把红糖水一口口喂给她,伍梅看着身边粉红色的小婴儿,没有哭,而许太太看着伍梅几缕黏在前额的头发,想到了她初来的那一天,竟"呜呜"地哭了起来。

半年后孩子已经长出模样,一双眼睛是欧式的,头发浅棕色,皮肤也白得透明。伍梅叫孩子小雨,她只有逗孩子的时候脸上才带着笑。伍天禁不住诱惑重操旧业,又欠了许多赌债,开始有三三两两的债主追上门,逼得他把一份工作也丢了。伍梅彻底成了赚钱和还钱的工具,许太太帮忙照顾孩子,常常抱着孩子到作家的阁楼去,什么也不说,什么也不必说,一边看作家写字一边做毛线活儿。

这天晚上,一个男人从伍梅屋子里走出去,许太太假装没看见,嘴上逗弄着孩子,心里却想:苦命的丫头,什么时候是个头? 正想着这些,伍梅却开了门,许太太一时慌了神,一张脸红着,像被人看穿了心思。她说:"伍梅……"

伍梅说:"许太太,我明天早上要去别的地方走一走。"她说完,有些犹豫,又要说什么,到底没说出来。

许太太问:"你去哪儿?"

伍梅说:"挺远的地方。许太太,我明天在别处吃饭,别给我留饭了。"

许太太问:"你带小雨去?"

伍梅摇摇头:"许太太,我要麻烦您了,那地方她没法去。"

许太太点点头,看见伍梅的脸上上了妆,裙子也是不常见的,整个人竟有一股凄凉的美丽,她身后的房间空了一半,许太太看见她缓缓地关上了门。

第二天许太太照例早早起床,她要做一种糕点。几个月前从孟太太那里拿来的食谱,早已做到熟练,可不知道为什么,这一日胸口像被石头紧紧压着,透不过气,一个好好的蛋糕,配料比例错了,外皮也焦了,放一块在嘴里,又硬又无味。这时电话响起,许太太被吓了一跳。

许太太家中的电话不常响起,住在这里的人和外界都没什么联络。偶尔铃声响起,也是说英语的人要推销什么,许太太总是礼貌地说一句"我不会说英文,对不起",然后就挂了。可是今天电话里的声音,却让许太太丢了魂。

"伍梅死了,她翻了车。"伍天说。伍天的声音很平静,平静得可怕,电话那面却有赌城里纸醉金迷的声音传来。

许太太抓上作家,两个人慌张地赶到出事现场。山路险要,大大小小十几个弯,小雨大哭不止,许太太心里琢磨着,伍梅到底是因为什么来了这里?

伍梅死了。她从公路上翻下来,掉到悬崖下,那辆开了许久的小汽车被摔得扁平,她就被挤在那里面。许太太看了一眼,差点昏死过去。很多年过去,这个生命承载过的一切逐渐模糊,可是许太太总是会想起,那副躯体血肉模糊地出现在眼前,她还是会梦见伍梅眉心那一颗痣,血流满了她整张脸。许太太始终不明白，在那个伍梅美得凄凉的夜晚，她到底是在预知，还是在预谋着自己的死亡。

那一年，小雨唯一的亲人伍天彻底消失了，有人说他被遣送回国，也有人说他的半只胳膊比他先回了国。陪酒女郎也终于厌倦了自己的职业，她在一个清晨和许太太告别："许太太，我不年轻了，得给自己谋个好人家去了。"她在枕头底下给许太太偷偷留下一封信，她向许太太说抱歉，她撒了谎，并且无法控制地爱上了一个有家室的男人，打算去和他私奔。许太太也在枕头底下发现一条不见了很久的项链，陪酒女郎在信里说："许太太，我偷卖过你的一条项链，上个月终于赎回了它。"

阴影楼里最终只剩下许太太和作家，她抱着小雨，抚摸着她卷曲的棕色头发，突然感慨这是自己耗尽半生也无法等来的幸福。那一年，许太太决定卖掉这座阴影楼，也决定将自己这阴影般的人生晾晒在太阳下。也就在同一年，作家写出了一本四十万字的书，三个月内账户上多出了三十七万元。许太太把最后一件东西搬出阴影楼的时候，第一次仔细打量了作家，走出阁楼的他，是如此英俊高大。

许太太说："真好，这么多年的努力总算有回报了，以后你能有一个真正属于自己的书房了。"作家的脸上现出一丝绯红，常年隐居在阁楼里的皮肤敏感而脆弱，他从裤兜里摸出一张银行卡，递给许太太："太太，这是给你的。"

人们后来议论起阴影楼，总是拿这样那样的猜想嚼舌头，他们说那个作家写出了一部作品,许太太便见风使舵地钻进了他的怀里,也有人说他喝了许太太那么多年的威士忌,喝出了一种别样的感情。多年过去,阴影楼易主多次,最终老旧到被拆掉。方太太靠租房营生,名字从玛丽换成了莉莉安,一张嘴却还是八卦的,她对那些不肯改装房子的独身太太说:"还记得当年住在许太太家决心要回国的男孩子吗?后来还不是到我这里来住,我给他介绍了假结婚的姑娘,他才不用回老家去卖豆腐……"

方太太常和别人嚼舌根,幸灾乐祸地说:"当年那个陪酒女郎被正室整得惨呦,到现在都下落不明呢……"偶尔她也跟别人说起命运多舛的伍梅和消失了的伍天,也顺带着想到失联的许太太,还有她守了半生的阴影楼,在和孟太太一起喝茶的时候感慨着:"不知道小许去哪里了呀……"

渐渐地,人们忘记了那栋阴影楼,那些住进过阴影楼的人也忘记了自己有过那样一段灰暗的日子。他们只会在某个瞬间想起许太太每晚留在冰箱里的食物,又想起那个最后和她走在一起的作家,但没有人在意他们去了哪儿。

而十五年后,一个模样俊俏的小姑娘朝我走来,她的皮肤白皙,一双欧式的眼睛里流淌着的全是好东西,她手里拿着从书房找出来的书,问我:"爸爸,你写什么呢?"

我认真地回答她:"我在写一个十五年前发生的故事,那时爸爸还住在阁楼里呢。"

我写作的时候，总会想起一个朋友，那是位老朋友，他总给我讲他梦里的一艘白船。那是个真实的故事，——就发生在他身上，每次听到，都感慨万千。

梦中的白船

潘欣敏
飞驰成长签约作者
有写作梦想的编剧

1

　　我时常梦见周晓晓站在一艘船上向我挥手告别，那是一艘挺大的木船，两头翘起，船身刷着光亮的白漆。身旁号子声一响，水波荡漾，这艘白船像是要驶去很远的地方。我心里一沉，想起还没有向周晓晓认真地告别，可我站在岸边，怎么都张不开口。我飞奔上前，伸出手试图紧紧拥抱她，可水雾渐起，周晓晓的身影一点点模糊，我心里一阵剧烈的疼痛，突然听见一阵欢声笑语，只见那艘光亮的白船在游乐场的湖边摇晃，老板在一旁喊着：十元一圈，上船就走。我如释重负，原来周晓晓并不曾离开，我长舒一口气，朝她报以微笑，只见周晓晓在暮光中微微抬起头，马尾辫洋溢着金色。

　　火车轰鸣而过——我住的地方离铁轨不过两百米远，夜半惊醒，心中充满疑惑。周晓晓到底是不是要离开？我懊恼刚才没有问清楚，试图赶紧重新睡去，这次一定要在梦里问她个究竟。身边突然一阵翻动,我睁开眼睛,见黎敏掀开被子,起身喝水,她短发散乱,睡眼惺忪:"田野,我觉得你应该换个地方住。"我没说话,不敢让自己过分清醒。

黎敏走过来说:"火车声真的太吵了,我整夜睡不着。"

"你要是不满意,可以不用来我这里住。"我说。

"你这么说没意思啊。"黎敏有些不高兴。"那你觉得什么有意思?""咱能别大半夜的吵架吗?""是你在跟我吵架。"黎敏盯着我,目光炯炯,鼻翼皱出几道细纹,随即嘴角抽动,热泪滚滚,紧接着上气不接下气地哭起来。我内心烦躁,急急翻过身去。黎敏喃喃不已、愤愤不平:"田野,我和你在一起五个月了,你到底怎么想的? 你又不说话,每次有点什么事,你都不说话,你最大的本事,就是不说话……"

夜终于重新安静,我扭头看黎敏背过身去,蜷缩在被子里,身体微微颤抖,像受惊的小猫。我想我应该安慰她一下,可伸出的手不自觉在半路停留,像触到一堵透明的墙,墙上布满高压电线,一触即发,让我忍不住想要往后退缩。

我轻轻叹了口气,打算重新睡去。猛然间我慌乱地记起,周晓晓已经永远地消逝在烟尘水雾、山川湖海中,沉睡于2007年的跨年夜,那个月光倾注于山野的晚上,比梦中那艘白船要驶向的地方还要再遥远一些。

周晓晓,你走了那么久,我还是忘不了你。

2

上高中的时候,周晓晓是公认的好学生,而我是出了名的捣蛋鬼。在下课拆光了全班女生的圆珠笔之后,我成了众矢之的。一个女生扶着大眼镜,一脸严肃地对我说:"田野,你这么做是不对的,我要去告诉班主任!"是周晓晓过来默默帮我安抚了这位女生,还给全班女生重新装好圆珠笔,平息了这场原本我回家注定要挨"皮带炒肉丝"的风波,从那时起我便认定,周晓晓这人能处。

周晓晓个子不高,偏瘦,白皙,利落,扎一条高高的马尾辫,走起路来一蹦一跳的。她是个很标致的姑娘,笑起来有一种"国泰民安"的味道。不知道因为她是班长才特别爱张罗事儿,还是因为她爱张罗事儿才让她当了班长,周晓晓比同班的女生看起来成熟得多,不是说长相,而是状态,一看就不像高中生。高一第一次开家长会时,她站在讲台上招呼家长们就座,我爸把她当成了班主任,问她田野表现怎么样。她倒也不含糊,跟我爸说:"田野啊,表现不错,助人为乐,手工做得特别好,对圆珠笔很有研究。"

我爸虽然听不懂,但也乐滋滋地往位子上一坐。后来听班主任上台批评我的时候,才知道这小姑娘不是班主任。

后来的每个暑假,我都会和周晓晓去打篮球。清晨五点,我先骑车去后宰巷等周晓晓,然后我们再一起骑车去找老赵和四眼。五点半,晨光熹微,清澈万里,看篮球一次次腾空而起,跃入光亮,再掉落于明媚,我们通体闪耀着光辉,如时光永不黯淡。七点已是烈日炎炎,我们结束战斗,结伴去附近的"蓝与白"吃早饭,小菜无限,喝粥免费。之后说一声"明天见",各自散去,盼着第二天清晨五点,再去后宰巷等周晓晓。再后来,篮球已让我觉得平常,只有和周晓晓单独骑行的十分钟,才像初夏的夜,像晚霞像朝阳,像路灯下浓密的枝叶,像电影院里的光,像醉花初雪,像海边的风,像能想到的一切好时光……

曾以为日子绵长、悠悠荡荡,才知道前路没有边界,思念也是。很多年后我才明白,人生哪有恒常的厮守,也许"明天见"才是最好的告别。

高中毕业前的那个跨年夜,下了一场鹅毛大雪。晚上九点,我、周晓晓,还有老赵和四眼,下了晚自习,我们找了一家鸡蛋饼摊,买了四个鸡蛋灌饼。周晓晓说,咱回家吧?我说,还有半年就要毕业了,以后就得各奔东西,为了我们的友谊,敢不敢通宵一回?老赵和四眼属于被父母放养的类型,一口答应。我担心周晓晓家里管得严,没想到她轻描淡写地说:"行,我找个地方打电话跟我妈说一声。"

后来我们去网吧打了三个小时的"魔兽",在游戏里死了该有一千回,晕头转向,晃晃悠悠。十二点网吧老板过来赶人,我们出门轧马路,小巷又弯又长,我们一路嚼着口香糖谈论理想。还记得周晓晓说,以后她想搞科研,研究天体物理。我们都用崇拜的眼神看着她,在我们连摩擦力都还算不清楚时,她已经要研究星星之间的引力了。

接着,我们在通宵剧场花了四十块钱买了四张电影票,如今我发动了脑海里全部的"搜索引擎"也调不出那天夜里电影院里放的片儿是什么名字,只记得那一夜没有暖气,板凳特硬,还没有热水。周晓晓整夜笔直地坐着,认认真真地看电影,甚至还拿出笔记本做了笔记,而我只是沉沉睡去。

第二天早上六点,夜散去,整个城市醒来。雪铺在地面上,薄薄一层,这是第一个我们四人在一起的元旦。我们相约每年都一起跨年。

那次回家后,我给周晓晓发信息:"周晓晓,我发现我很喜欢你。"良久,周晓晓回:"我也喜欢你,希望我们上大学还能在一个城市。"我鬼使神差地回复她:"哈哈哈,我开玩笑的,你别当真啊。"又过了很久,周晓晓回:"哈哈哈,我也是开玩笑的。"

我至今不明白自己为什么当时要如此回复她,我不知道如果当时我们顺理成章地在一起,谈一场跌宕起伏、畅快淋漓、披荆斩棘的恋爱会是什么样。如果是那样,周晓晓还会不会被永远地埋葬于荒野,在哈尔滨到雪乡的路上无措地离去?也许并不会改变什么,但也许会呢?

3

黎敏发消息问我:晚上有空吗？一起吃饭。我说没空,在单位加班。黎敏便没再发消息过来。我们这家清闲单位日日朝九晚五,极有规律,黎敏是知道的,发完消息我有点后悔,但是再解释又显得突兀,只能作罢。

我不能说不喜欢她,但最近我确实有点躲着她。黎敏是我们图书馆馆长朋友的侄女,是个懂事的姑娘,除了过于热爱流泪,没什么能说得出的缺点。她在一家培训机构做会计,平日里大多数时候沉默寡言,不工作的时候就练练瑜伽,养养花草,是个活得挺实在的姑娘。我在这家区级图书馆做管理员,有图书进来,我就登记、整理,把图书按索书号分类码在架子上;有时候会举办一些读书的主题活动,其实就是招待周围社区的大爷大妈。我收入微薄,但看上去是个文化人。据我们馆长说,黎敏这姑娘是个文艺女青年,就爱找文化人。然而,黎敏越是真实地存在于我的生活中,我越是试图抽离。我们馆长总说我活得不接地气:"田野,你看上去像是悬浮着。"他劝我多接触真实的人,别老在屋里憋着。可真实生活本身的力量往往足够把我压垮,我对人本身早已失去了兴趣,出去也是换个地方玩手机。我想我应该结婚生子，应该像黎敏和他们一样好好生活。有时候我看着图书馆里的大爷，每天准时等着开馆，打上热水，翻开报纸，再取几本杂志，直到中午回家吃饭，然后午后再来，晚些时候去接孙子，安定平和，无所亏欠。十多年来的每一天，我都期待自己可以再闻见花香，听见蝉叫，触摸温雪，在月光下散步，对一个人真诚地说爱。

可是我做不到。

不过，我真的期待吗？也许我就是宁愿活在虚幻里想入非非；我宁愿永远做梦，梦见那艘船漂荡在水面上，周晓晓站在上面，我走过去，对她大声地说"明天见"；我宁愿永远沉睡，不再醒来。

手机突然响起，一个福建的陌生号码，我以为是诈骗电话，随即按掉。谁知这号码再三轰炸，我疑惑地接起，对方说："田野，我回来了，今晚有空吗？咱聚聚。"

是老赵。

周晓晓出事之后，老赵回到福建宁德上他的大学，毕业后就留在宁德工作。他很少回来，我们也很少联系，只知道他好像是在创业，做什么信息技术，说了几次我也不太明白。这几年四眼也消失不见，音信全无。周晓晓一周年忌日的时候，我给四眼打过一次电话，问他过得怎么样，要不要回来一起去看看周晓晓。四眼沉默了很久，说："我最近比较忙，就不过去了。"又停顿了一会儿，他说："你帮我给她带束花吧，钱我转给你。"

2008年12月31日的上午，老赵和我一起，在墓园里和周晓晓说了很多话，从我们各自的大学生活，到老赵正在追求的姑娘。老赵甚至给周晓晓烧了一个巨大的彩纸做的木星，我们在墓园看那颗木星的绚丽光环在火光中灰飞烟灭，四散的灰烬带着点点火星飞舞，老赵在一边费力地哭喊："周晓晓，这是你最喜欢的星星啊，我给你烧过去了。"

这一年来我都没有接受周晓晓已经永远离开的事实，我总感觉有一天她会打电话给我，喊我明早五点在后宰巷的巷口不见不散。

在周晓晓的墓前摆上我和四眼的花，只见周晓晓的爸爸朝这边走过来，身后跟着周妈妈。一年不见，他们看上去苍老了十多岁，我和老赵连忙站好，喊了一声叔叔阿姨。周妈妈朝我点点头，周爸爸则一声不吭。我慌乱起来，不知道该说什么，也不知道该不该走。

刚出事那会儿，他们从南京飞往哈尔滨，去殡仪馆迎接女儿残破的身躯。具体的场景我当时不敢多看，如今也已淡忘了很多，只记得当时从殡仪馆出来，周晓晓的妈妈看着我的眼睛，停了五秒，仿佛想对我说：田野，你没有把晓晓带回来，你答应过阿姨的。

可是，他们没说。

周爸爸缓缓弯腰，轻抚墓碑，周妈妈示意我们先走，周爸爸突然叫住我，说："田野，你们当时有没有用千斤顶？你就告诉叔叔，你用没用千斤顶？"

　　我顿时脑子一片空白，出事那天所有记忆的碎片像高速飞行的陨石直冲我而来，警笛声，救护车……不对，再往前，坐上大巴，盘山公路，铲雪车，大巴往山下翻去……然后呢？我们报警，等待，对，我们在等待，等警察和120来，等待的时候呢？我们用千斤顶了吗？千斤顶在哪儿？我们取出来了吗？没有……我没有用千斤顶。我想起我从窗子里看见周晓晓穿着红色羽绒服，被翻倒的车身压着，死死地卡在第二排的座椅底部。我顿时觉得胸口一阵剧烈的酥麻，像有一万只蚂蚁在爬，我转身飞奔到墓园旁的空地，剧烈呕吐起来。

　　之后周晓晓的忌日，老赵再没有回来过。2011年跨年夜，火车迫不及待地呼啸而过，道闸开启，我从窗外望去，急急赶路的人们向前奔跑着，愤愤不平于自己又被火车耽误了十分钟，手机"嘀嘀"响起，老赵在手机上给我发来消息，短短三个字：四年了。多少次梦中相见，让我全然不觉时光流逝，那天我突然意识到：我失去周晓晓的日子已经比我认识她的日子还要长了。远处灯光闪闪，有阵阵音乐声飘来，热闹是他们的，我所拥有的只剩下悠长的回忆。

　　灯火阑珊处最荒芜。

4

老赵的局安排在一家四星级酒店的三楼,包间富丽堂皇,色调竟不俗气。我走进去,老赵飞奔上来大声招呼我:"田野！你还是老样子！我给你们介绍一下,这是我发小。田野,我这几个兄弟,一起做生意的。"

旁边几个男的高矮胖瘦不一,朝我点点头。这氛围让人有点难受,我对老赵说:"咱都这么多年了,整这些干吗,找个烧烤摊,喝点啤酒多好。"

老赵猛地一拍我的背:"那怎么行,这么多年没见了,今天咱开心点。"我被他拉着坐定,看一眼墙上四个大字:上善若水。

我大口吃着桌上的菜,老赵推杯换盏,又是一饮而尽,然后拿着酒杯向我靠近,说:"田野,咱们多久没见了?"我说:"有十多年了。"老赵说:"干脆来福建,咱们哥俩干吧。"我说:"我在这儿干得挺好。"老赵说:"没几个钱,好什么?"我不说话,往嘴里塞了一大口肉。老赵说:"你就是死心眼儿,你要活得放开一点。哎,田野,我说句不好听的,都是命。"

说完,老赵把刚进来添酒的服务生往我身上一推,说:"我知道你喜欢扎马尾辫的姑娘,你好这口……"话音未落,我不知道哪里来的怒火，猛灌了一大杯酒，随后一拳打在老赵的脸上。同来的几个哥们儿见老赵被打，纷纷拿起酒瓶就往我头上砸。我也不太记得后来具体怎么样了，当我清醒过来的时候，酒店经理已经喊来了警察，酒瓶碎了一地，我的头昏昏沉沉，拿手一抹，额角全是血。

　　警察把我们都叫到一边问话。我对警察说："是我先打的人，把我抓起来吧，都是我的错。"警察说："赶紧去医院验伤。"我说："真的，警察同志，是我打的人，你们人民警察应该维护正义，我愿意接受处罚。"老赵一抹嘴角的血，在一旁劝："都喝多了，都喝多了。田野，赶紧的，我带你去医院。"警察说："行了，赶紧去医院，别整天喝多了动手动脚，看你们都是规矩人，下次再让我见到你们寻衅滋事，就拘留你们。"老赵老老实实点头，我很生气，说："不抓我吗？我求你们了，我应该被拘留，我罪该万死，我见死不救，我伤天害理……"老赵赶紧把我拖走。

　　2007年跨年夜，坐在派出所里，我看向窗外，有人在放烟火，如红色的星光掉落千里。一个警察走过来，递给我一杯热水，说："说说当时的情况吧。"

　　我说："我坐在大巴第一排靠窗的位置，旁边坐着老赵，后面坐着周晓晓，周晓晓旁边是四眼。本来是我坐第二排的，但周晓晓知道我晕车，就把第一排换给我坐。"警察问："然后呢？"

　　我说："然后我睡着了，我晕车，上车就睡着了。然后突然听见一声巨响，感受到一阵剧烈的撞击。我睁开眼睛，看见前挡风玻璃碎了,有人从那儿往外爬,我这才意识到车身翻了。我看看身上,没伤,又看看老赵,也没伤,好好的,我以为事儿不大,突然有人把我往外面拽,我就出来了。"

警察问:"你看见周晓晓了吗?"

我说:"我站在车外寻找周晓晓,没看见她,我就想我们都没事,她应该也没事,但是我还是往车里看了一眼,就看见她在座位底下被压着。"

"然后呢?"

我一边哭一边大声地说着:"然后我就喊她。"

"怎么喊的?"

我说:"我当时喊'周晓晓,赶紧起来'。她没说话,我就想把她拉出来。可是她已经被压在车底下了,我没法碰到她……"

警察说:"好了,你可以走了。"

"周晓晓怎么样了?"我问。

"肋骨插到肺里了,刚送到医院人就没了。"警察说。

这么多年来,我一遍又一遍回忆这短短几分钟的时光,不断倒带,快进,倒带,暂停,快进,暂停……为什么当时我如此笃定周晓晓被压在车下,就没法拉她出来?是不是当时我用千斤顶顶起大巴,就能把周晓晓拉出来?是不是如果我拉她出来,她就还有的救?是不是我不和她换位置,被压在车下的人就是我?

该死的人分明应该是我。

临回宁德，老赵对我说："田野，你应该往前走了。"我问他："往前走是哪里呢？"

老赵回答："不管走去哪里，你得找到你的起点。"

我笑了一下，拍了拍他的肩膀，他也拍了拍我的，我们就此别过。

他和四眼都往前走了，只有我选择停留，停留在梦中的白船边，只为再看周晓晓一眼，也许我在等有一天，能好好和她告别。

5

第二天，我没有去图书馆上班，也不想吃饭。馆长打电话来，我装作剧烈地咳嗽，向他请了病假。馆长很关心我，嘱咐我多喝热水，好好休息。挂了电话，我把窗帘拉得严实，只想赶紧闭上眼睛，沉浸在船上的水雾里。

睡意蒙眬中，似乎看到房门开了，有人走进屋来，我以为是黎敏，刚想起身说我没事，却看见周晓晓蹦蹦跳跳地径直走来，她一点都没变，扑通一下坐在我床边，就好像高中的时候她来我家玩那样自然。我赶紧拉住她，说："我们好久不见了……"

　　周晓晓笑嘻嘻地晃着马尾辫,扭头对我说:"开什么玩笑,昨天不才见过。欸,对了,我要走了,来跟你告个别。"

　　我颤颤地问:"你要去哪儿啊?"

　　周晓晓说:"田野,你太搞笑了,我要去上大学啊。"

　　我说:"那你还回来吗?"

　　她说:"不一定,寒暑假我要做实验的,如果我放假不回来,你帮我去看看我爸妈啊。"

　　我说:"好,我一定,我给你爸妈带红烧肉。"

　　周晓晓说:"别带红烧肉了,我爸爸爱吃鱼冻。你说我爸这人怪吧? 鱼他也不爱吃,就爱吃鱼冻。"

　　"我记住了。"我说。

　　还想跟她说些什么时,周晓晓跳起来,说:"我明天一早就走了,你别来送我,我怕我会忍不住哭。就不说明天见了。再见,田野,你要保重。"

　　我嗓子眼一堵,将要哭出来,又觉得在她面前哭很不好意思,赶紧收住了。周晓晓挥一挥手走出门去,大步流星,光芒万丈。随即万籁俱寂,她的嗓音被裹挟在火车的汽笛声里飞驰而过,我默默感受她的离去,突然感受到一种无法承受的生命之轻。

　　我挣扎着起身,上街买了条鱼,红烧,又把汤汁舀出来,盛在保鲜盒里,放进冰箱。下午,我拎上鱼冻,又去超市买了些牛奶、坚果和一大桶油,走去周晓晓家。后宰巷巷口有两棵冬青,旁边是山楂树,再旁边是结着枇杷的枇杷树,曾走过无数遍的路,今天我却走得如此慌乱。

我忐忑地把鱼冻放在周爸爸面前,周晓晓的遗像摆在不远处,是一张回眸的照片,笑容清澈明朗,满眼闪着星光。周爸爸看着我,没说话。

我轻轻打开保鲜盒,对他说:"叔叔,是周晓晓让我带给您的,她说您不爱吃鱼,只喜欢吃鱼冻。"

我还没说完,周爸爸的眼睛里便涌出泪来,泪水划过脸上的沟壑,他紧紧握着我的手,像是找到了一个支撑点,随后恸哭起来。

我又说:"周晓晓还跟我说,她寒暑假回不来,让我多来看看您和阿姨。"周爸爸捧起保鲜盒,大口吃起来,一边吃一边哭。我想跟他说,可能会有点咸,但我还是忍住了,我看见周爸爸眼睛里,分明是慈爱的光芒。

周妈妈把我拉进周晓晓的房间,十多年后,我又一次踏进这间卧室。陈设没变,还是高中时候的样子,书桌面对窗户,左边是一张小床,右边是书架,地板上的彩色地垫已失去了原本的颜色,凳子上还挂着校服。墙上还是那张巨大的行星图,土星四周绚丽的光环闪着七彩的颜色。

"晓晓最后的日子,是她最快乐的时光。"周妈妈轻轻说。我愣了一下,不知道她会以这样的方式开头,我以为需要避开什么,或是先说点别的。"谢谢你,田野,你让她很快乐。"周妈妈拉着我的手说。

我终于忍不住流下泪来。那天我在周晓晓家哭了很久很久，哭得肆无忌惮、畅快淋漓，我想我终于找到了一个地方，烘干自己潮湿又颓丧的身心。

之后周爸爸周妈妈和我一起回忆了很多关于周晓晓的往事，比如她不喜欢吃鸡蛋黄，上幼儿园时把小板凳当马骑结果磕破了额头，她得过水痘、麻疹、腮腺炎，她养不活仙人掌，最喜欢水仙。

周晓晓曾经如此真实地活在这世上，如今我日日沉醉于回忆之中，也许只是试图逃避现实。

可这又是周晓晓希望看到的吗？我终于明白梦里船上的周晓晓其实一直都在向我告别，只是我不愿意相信，还把这当作是她对我的留恋。

那天夜里，火车隆隆而过，我坐上前往哈尔滨的列车，回想我们最后的旅程。

6

2007年冬天，在吉林开往哈尔滨的火车上，周晓晓坐在我旁边仰起头，脸红扑扑的，她认真地对我们说："东北的拔丝地瓜太好吃了，我要是能留在这儿就好了。"我说："你可别留这儿了，拔丝地瓜回去也能吃。"那一刻的我不会想到，一语成谶的含义。

当年，我、周晓晓、老赵和四眼相约东北。我们计划先去吉林滑雪，然后在哈尔滨看冰雕，最后在跨年夜抵达雪乡，在一人高的积雪里打滚，啃冰糖葫芦，舔铁栏杆，放烟火。

踩着双板，摔了三个大跟头，刹车基本靠喊，我和周晓晓终于从吉林松花湖的雪坡顶上滑下来了。周晓晓兴奋不已，大声呼喊，她的红色羽绒服在雪地里异常鲜艳。

然后我们坐车来到哈尔滨，在一家小馆子里吃中饭，好朋友们坐在对面，喜欢的人坐在身边，小馆子里的灯光温暖，砂锅冒着热气，桌子上的酒还没喝完。这是我能想到的最好的时光。旁边一桌几个东北姑娘，高挑、白皙，手上夹着香烟，优雅又帅气，让周晓晓羡慕不已。她轻声对我们说："一会儿出去，咱买包烟吧。"

四眼从书包里翻出一包红南京，抽出一根递给周晓晓。

周晓晓脸一红，说："不行，人家抽得这么帅气，我不好意思。"

老赵说："行，那一会儿出去抽。"吃完饭，我们围在街头一个小巷子里，我和周晓晓一起抽了我们人生中第一根烟。周晓晓故意摆出很酷的姿态，老赵还给她拍了照。

看完冰雕之后，我们打车去一家俄罗斯餐厅吃饭。路上司机为了赶紧接上下一单，把我们丢在离餐厅还有一千米的地方，自顾自跑了。我们一点儿也不生气，周晓晓大喊着："路上好滑。"然后就摔倒了，我们哈哈大笑，周晓晓索性不起来，坐在地上任凭屁股往前"刺溜"。我在周晓晓肩头狠狠推了一把，她就这么一路滑向远处。她的笑声那么欢快，如今依旧回荡在我的耳边，就像发生在昨天。

我认识周晓晓不过三年半的时间，之后她就停留在我的回忆里。我一遍又一遍地回想她的样子，把一切都刻在心间，好像已经认识她很久很久了，比一辈子还要长。

第二天到站后，我胡乱收拾好背包，高铁转公交，赶在夕阳落下前，来到哈尔滨汽车站，那是我们最后相聚的地方。我随便买了一张票进站，坐在2007年我们等大巴的长条椅上。那天周晓晓兴奋异常，欢快地说着对雪乡的期盼。我坐在原处，像那天一样，看哈尔滨开往雪乡的黄色大巴在夕阳下缓缓驶来。

我又看见那艘船，汽笛声响起，水波荡漾，周晓晓站在船头向我招手。我明白她是真的在向我告别。船越变越大，周晓晓站在船头越来越小，我朝她挥挥手。

不知从哪里来了很多人，我们都站在岸边，向渐行渐远的巨大的船挥手告别。

我站在原地，船行远了，再也看不见了。

我给黎敏打了个电话，对她说："我坐今晚的飞机回来。"

她说："好呀，我去机场接你吧。"

我说："好，今晚见。"

故事背面

问：你的身份？

答：我是个十八线编剧，但我写真实的故事。

问：为什么要写作？

答：因为告别对我来说是件很难的事，我们会遇到一些在我们
    生命里留下痕迹的人，然后可能再也见不到了。我写作的
    目的就是记录这些生命里的过客。他们也是组成我生命的
    一部分。

问：这个故事有真实原型吗？

答：原型是我的一位好朋友。他喜欢的女孩车祸去世了，十多
    年来他一直活在愧疚里，总觉得是自己的责任。

问：梦中的白船代表的是什么？

答：朋友说车祸发生后他总是梦见那个女孩，我写作的时候就
    在想，如果笔下是一场梦，我会梦见什么。有一个雨天我去

了游乐园,看到一艘白色的小船停在湖边,周围一片灰暗,只有那艘船很耀眼。我觉得这是我想让主人公梦见的东西,希望它能载着主人公的回忆去更辽阔的水域。那里是希望。

问:想对看过这篇故事的人说些什么?

答:好好生活,不要害怕去经历:好日子就是好日子,坏日子就是好故事。体验才是人活着的唯一目的,不要害怕体验,好的、坏的都去接受,剩下的就是好好生活。

我慢慢学会了与自己和解，我也经常见到那些无法与自己和解的人，

我曾问过那些人为什么，后来才知道，他们大多数人的痛苦，

都来自原生家庭，来自爸爸和妈妈。

左 手

林夏萨摩
飞驰成长签约作者,青年作家
林夏的故事里没有那么多反转、分岔,这就是真实的生活

1

我是个左撇子，从我学会自己吃饭那天开始，就经常因为用左手做事被批评。

现代汉语词典里，"左撇子"的定义是习惯于用左手做事（如使用筷子、刀、剪等器物）的人，但我不是习惯，我只会用左手，我用左手写字、刷牙、吃饭、切菜、缝衣服、用剪刀以及打架。

一家三口，就我一个左撇子，吃饭夹菜的时候免不了筷子"打架"，影响身旁的人吃饭。20世纪90年代老家还很封建，左撇子小孩出去吃酒席时的行为会被视为不礼貌、没教养，会被人歧视，有时都不让上桌。谁家儿媳妇要是个左撇子，更要被婆婆念叨死。

小学一年级，语文老师试图纠正我，让我用右手写字，但哪怕她用教学棍无数次敲打我的左手，哪怕她在写字课上一次又一次掰开我的左手，强行让我用右手握笔写字，从一年级纠正到三年级也没用，后来她放弃了。爸爸喜欢给我讲道理，他发现讲道理没用之后，经常用给我买棒棒糖、雪糕等零食的方式诱惑我，哄着我用右手吃饭，我照样我行我素，丝毫不为所动。妈妈稍微凶一点，每次开饭前，一见我又左手拿筷子，立马用筷子背敲敲我的左手，我习惯了每日餐前挨敲，但就是不改。

　　我不是从小就叛逆，我是真的只会用左手，右手拿不住东西。

　　爸爸意外去世后，我们家就再也没有上演过一家三口围着小圆桌吃饭的温馨场面了。以前哪怕左手挨敲打，也依然可以热热闹闹地吃着饭，开心地讨论着下一顿吃什么。

　　爸爸死后，我再没敢开口跟妈妈点过菜，不敢提任何要求，我知道她恨我害死了爸爸。她像疯了一样，经常半夜醒来披着爸爸生前爱穿的白色衬衫，坐在客厅餐桌旁的小方凳上，披头散发地幽幽啜泣。她对纠正我用左手吃饭这件事更执着了，从前只是用筷子象征性地敲打我的左手，现在，锅铲、铁勺、擀面杖、搓衣板，手边有什么，就抄起来用力打向我。所以，我左手的手背和骨节上常年青一块紫一块，最严重的一次，我无法握笔，连月考都没办法参加，在班主任那边，还得编理由搪塞过去。

　　她也从我妈变成了那个女人，而我恨那个女人。

只不过从她做家务时翻出我以为藏得很好的日记，读出我对她藏不住的怨恨，把我打过一顿之后，我就再不敢指名道姓地骂她了。

从那以后，她拥有过无数个只有我才知道的诡秘代号。大部分时候我用"×××"指代她，从那以后，我写日记再也不写明日期和天气，只敢写一些半真半假、云里雾里的话。我找了一张牛皮纸把日记本包了起来，用黑色记号笔在封皮上写了"作文素材摘录"，写完还讲究地用 2B 铅笔描了个边。

每次躲在房间里写日记时，我都会条件反射地竖起右耳听房门外面的动静，为什么是右耳呢，因为右耳离房门更近，确保自己"大逆不道"咒骂她时，有足够的反应时间藏匿罪证。

每次写完日记，我都要绞尽脑汁地找一个隐秘的地方把本子藏起来。

但哪怕做到这种程度了，我还是不放心，我这爱疑神疑鬼的毛病想必也是从她那里继承过来的。所以，我每隔一个星期，都会把日记本交给许诺，让她帮我保管。

我跟许诺的生日只差五天，我们两个有堪比过命的交情。

许诺妈妈和生我的那个女人，是推开门给对方家里端盘子送菜送礼物，关上门又爱讲彼此是非、互相攀比的老同学。

我跟许诺都觉得，我们这一代比她们进步多了，起码不像大人那么虚伪，不管关系好坏都坦坦荡荡。我们还在各自母亲肚子里的时候,就已经隔着肚皮,互相踢腿,用展示拳脚的方式打招呼了。等四条腿都会走会跑以后,我们几乎每天都在一起疯,像紧紧交缠在一起的两根麻绳,她带着我爬树、下河、捉鱼、抓虾、偷西瓜,不学无术;我帮着她代家长签名、改试卷分数,弄虚作假。

绝配。

关系最差的一次,我们两个在离家不到五百米的小巷子里约了架,我揪掉了她的一把头发,她抓破了我的脸。最后,扭打在地上,旗鼓相当、胜负未分的我们,被循声而来的各自的父母揪着耳朵回家吃晚饭了。

那晚我们各自被教育,并被要求,以后不许再在一起玩了。

可是第二天一早,我们又牵着手欢欢喜喜地去上学了。

总之,许诺是我童年时代最要好的朋友。

2

"啊——"

噩梦中惊醒的我猛地从床上弹起来,左手手臂把大卫鼻子撞了。

梦里又是从高耸入云没有扶手的旋转楼梯上,一脚踩空重重摔下。

童年阴影一直延续到梦境里。

沾着血迹的连衣裙,脸上火辣辣的湿毛巾印(用湿毛巾打人脸简直是一种天才的发明,骨头再硬的人也觉得疼),被锁在黑漆漆的壁橱柜里,一个瘦削的影子用右手抱着打着石膏的左手蹲在角落里哭……

它们恶意联手,在我梦里遮天蔽日,在梦里一次又一次吞噬我苟延残喘的灵魂,无限循环,把我的生命困住了。

出国十年间,我看过无数次心理医生,吃了无数药,但还是摆脱不了噩梦的诅咒,可能这是她送给我的临别"礼物"吧。

这也可能是我离开她,留她一个人在国内孤苦,应得的惩罚。

二十九岁这一年,我带着还完助学贷款后身上仅剩的几万元出了国,把一头乌黑长发剪到还没左手的中指长,我改了名字,决意用新的身份在英国定居,以后再也不回去了。

我没有跟任何人告别。为了确保自己杳无音信,我注销了所有的社交账号,只留了一个先前专门用来跟网友联系的QQ小号。

出国以后,我再也没跟国内的人联系过,包括我曾经最要好的朋友许诺和崔明宇……

好不容易逃出来的人,怎会想着再回去。

谁能想到,这样一个近乎人间蒸发的我,还能在临近婚礼的前半个月接到一封来自国内的匿名邮件，大意是我的母亲李××得了胰腺癌，晚期，将不久于人世，她想趁活着的时候，办一场还算体面的葬礼，她死之前唯一的心愿，就是再见我一面……

提前办葬礼？死前再见我一面？

在这件事上最讽刺的是什么呢？我看到那封匿名邮件的第一反应不是她得癌症了快死了、我童年写下的诅咒终于应验了……而是，她想见我，她死前最想见的人是我，我也有点重要，对吗？我那位年轻时也算十里八乡美人的奶奶，待人接物通情达理却被我认为是重男轻女的奶奶，病死之前竟也把我叫到了床前，破天荒地慈爱地拉着我的手，交代后事，送我礼物。

Why（为什么）！

为什么人非要到死的时候，才表露出真实的情感？太晚太儿戏了！

我情绪失控，中英文夹杂地跟大卫控诉，在半空中挥舞着双手，把餐桌上的花瓶全都打碎了。我前一秒还发疯一样尖叫着，下一秒蹲下身去捡那些碎玻璃，几块玻璃碴扎进了我左手腕，鲜红的血汩汩地流出来，流到碎玻璃上，流到地板上。

作为我曾经的心理医生，他看过我神经元脉冲发出的所有肮脏阴暗的想法，他知道在我的心灵地图上，哪里繁花似锦，哪里沟壑纵横，哪里是长满苔藓迎着暴风雨飘摇的小破屋。

　　意识到严重性的他，立马停下手上的事情冲过来从背后抱住我，又用充满怜惜的蓝色瞳孔望着我，说："Calm down sweetie, calm down, everything will be fine , I promise。（亲爱的，冷静一下，冷静一下，一切都会变好的，我保证。）"

　　其实他什么都不知道，他对我的了解只有虚无缥缈的轮廓。

　　他并不知道我是怎么长大的，所有他知道的故事都是我这个撒谎精为了博取更多同情编造出来的版本。他不知道我真实的名字、真实的故乡，不知道我在国内的真实经历，尽管他是我的未婚夫，我们很快要办一场盛大的婚礼。

　　那封匿名邮件，安静地躺在邮箱里，胜券在握如姜太公钓鱼。

　　躺到第三天的时候，我才意识到它自信是有原因的，它等来了它的战友，一封新的匿名邮件，它们联手打败了我，我全面溃败。

　　一开始我还想假装什么都没发生过，继续幸福地当一个快乐无辜的人，继续假装幸福地试穿婚纱、挑手捧花、定菜单，跟婚礼策划讨论婚礼现场的布置。但我做不到。那几日不论我做什么，都是一副被人偷走了三魂六魄的样子。不像前一封邮件啰里吧嗦地写了一堆，新的匿名邮件一字未写，犹胜千言，那是张很普通的照片：她头发杂乱如枯草，穿着蓝色细条纹病号服，盖着厚厚的被子，毫无生气地躺在白得刺眼的病床上，脸色蜡黄,整个人瘦得快看不见了……

她从前不是这样的,她从前很丰满结实,三十多岁穿着破拖鞋追着我满街打,连跑三四条街也不带喘气。她怎么……她怎么会变成这个样子?

那个她从前老偏心护着的小男孩有在病床前照顾她吗?外婆家里会派人守夜吗?爸爸那边的亲戚"势利眼"太多了,加上从前和她有争房子的旧怨,恐怕没人会去照顾她。

南山那个小地方,好像只有一家像样的县医院,癌症这么严重的病在那里治疗可行吗……我有什么老同学后来学医去了吗?崔明宇好像是学医的,对,他学医去了。

等等,我头好疼,快裂开了……我不能再等下去了。有人等不起了。

按西式婚礼的传统,婚礼前婚纱不能让新郎看见,否则会招来厄运,但脑子里兵荒马乱的我根本顾不得那么多了,我穿着刚试穿好的婚纱跑去见大卫,没等进门,我就跟他郑重坦白,我第一次对他一口气说了那么多话。真话。

我一直在撒谎,他在上海见过的我所谓的养父母是我花钱请来的,我的硕士学历是假的,名字是假的,以前说的经历都是编的,唯一真实的是我本身和我爱他。他随时可以取消婚礼,我问过婚礼策划了,能退45%的费用,我可以去跟他的父母当面道歉,他可以让在美国的妹妹先不要订回英国的机票。可如果……如果他还愿意，我想邀请他跟我一起回国，回我家乡，去见那位我应该喊她母亲的女人。我不知道我这样一个满嘴谎话的女人还值不值得他爱，还有没有资格得到幸福，但我想赌一次。

神啊！请你宽恕我的罪，我愿意用余生的爱跟忏悔来赎罪。

等我一口气说完，他抱得我更紧了。他笑了。

我知道无须再解释更多。

"亲爱的，我们订机票吧，马上从伦敦直飞上海，再从上海坐高铁回南山。"

"I love you（我爱你）。"说完这话，我又哭了。

一路上，我脑子停不下来，你不可以就这样不明不白地死去，我们之间的账还没算明白。

3

很长一段时间，学校里只有死党许诺真心对我好，知道我左手经常受伤，她就从家里偷拿药膏塞给我，我手哪天疼得厉害，她还帮我抄作业。

在家里，我跟那个女人根本不说话。

家里死寂得像古墓,她出现在我日记里,经常以"她"开头,以"那个女人"开头。起初她恨我,后来我恨她,我们都有充分的理由恨对方,恨意最深时,我们都恨不得掐死对方。

九岁那年的生日后,我童年所有的美好记忆都碎成了玻璃碴。

还记得我们一家三口去爬黄山,去逛南京夫子庙,去游乐场玩,爸爸把我扛在肩头,另一手牵着妈妈,我左手拿着棉花糖舔,右手在半空中乱抓,一家三口笑成灿烂的太阳花。

虽没有爷爷奶奶疼,但我是小家庭里的小公主,爸爸妈妈都很惯着我,我想要粉色蛋糕裙就给我买粉色蛋糕裙,我想吃什么爸妈下班的时候就给我带什么回来。邻居家的小孩子们都喜欢围着我转,只因我靠左边的衣兜里长年累月好吃的没断过。

如果没发生那事该多好。

那年夏天,我从九岁一下子长到了十九岁。

生日那晚下大暴雨,路很滑很不好走,老远听见骑三轮车拉人拉货时打滑的人在咒骂。

爸爸谈完事情以后,给我带了一块红红绿绿的丑蛋糕,上面长满了寿桃,像给老人家拜寿用的蛋糕。他说去晚了,街角的蛋糕店已经没有好看的蛋糕了,下次再给我买粉红色的草莓蛋糕。

那时我痴迷于草莓蛋糕,不像现在,看到所有蛋糕或奶油制品都生理性反胃，更别提吃了。

我噘着嘴，一口都不想吃，非缠着我爸重新买。

我爸拗不过我，换下了淋湿的衣服和皮鞋，撑着伞重新出门。

"你就惯她吧，惯坏了以后嫁不出去怎么办?"我妈从厨房端菜出来，瞪了我一眼。

"惯坏了以后我来养。是不是啊，小海潮？等爸爸回来。"

他捏完我的左右脸以后，满意地出门了。

他撒谎，他言而无信，他再也回不来了。

他多跑了几条街，买完蛋糕哼着歌往家里赶，他在距离我家的小破楼还有两个街口的时候，被不知道从哪个方向突然窜出来的打滑的超载大货车撞倒了，如果不是有人路过，肇事司机当场就跑了。司机没跑掉，但这改变不了什么，我爸在被送往医院的途中离世了。

那晚过后，叫李××的女人没丈夫了，叫姜海潮的死丫头没了爸爸，成了半个孤儿。我们母女成了见面随时"杀红眼"的仇人。

"她有理由打我，她恨我害她失去了丈夫。"她后来每一次发神经打我、骂我的时候，我都这样安慰自己。安慰着，安慰着，她的恨意不消反长，我就反过来恨她了。

这种跟着岁月一起膨胀、生生不息的恨意，支撑着她和我一起活下去。

4

"海潮,海潮！你妈从楼上摔下来了！"

那一年,我十三岁,读初一。

夏天,体育课,斜斜密密的阳光穿透云层,穿梭于楼宇,穿过细密的香樟树叶,落在我左手的掌心上跳舞,我再次用大姨妈的借口躲过了两千米的体测,一个人躲在操场西北角的小角落里发呆。

也不知道他跑了多久、绕了多少冤枉路,才找到不愿搭理任何人、躲在乒乓球台下的我。

跑得上气不接下气的东东,吼完那句后,便弓着身子双手扶膝大喘气,比黄豆还大的汗珠顺着他的脸颊,沿着下巴的弧线往下滴。

东东立马拽着我的胳膊往学校外面冲,他见我被弄疼似的缩回了左手,立马意识到我又挨打了,改牵我的右手。我们没拿书包,也没跟任何老师请假。

东东一只手拉着我往医院狂奔,另一只手胡乱比画着跟我解释发生了什么:

她从楼上摔下来了,她扛着晒好的被子往二楼走的时候,没看清脚下，一脚踩空了，从二楼摔了下来，摔得满头满身都是血。如果不是一楼大门没锁，东东的爸爸路过我家门口撞见了，她还不知道要在冰冷的地上躺多久。

楼层很高，幸好有被子垫了半个身子，不然从那么高的地方摔下来她可能真没命了。

1960年后出生的人，大多生在大家庭，我爸也不例外，兄弟姐妹七人。

同样是儿子，但跟大伯相比，我爸是个不会说话不受宠也没什么存在感的儿子。

爷爷走之前，把家谱和执掌家族的大权交给了大伯；奶奶走时，又把藏在一个破泥瓦罐里，姜家从明朝后期断断续续传下来的大部分铜钱珠宝给了大伯，把金项链金戒指之类的首饰给了年纪最小、高考失利三次后又继续复读的小姑当嫁妆。

奶奶见我站在她的病床前，小眼珠子滴溜溜地转，巴巴地望着大伯数钱数珠宝。

忘了说，大伯家生了两个儿子，奶奶特别欢喜，那是她逢人闲聊的固定话题。许是出于对以往重男轻女的愧疚，她给我留了个电风扇当遗产，说夏天热，我又爱蹲在小角落里看书。

我当时体会不到奶奶对我的关心和怜爱，只想要大伯手里的古铜钱，那可是九几年啊，万元户都稀罕的年代，听说一个铜钱就值几万元，够我妈买台新的缝纫机，够我爸换好多好多辆自行车,买一辆二姑爷家经常用来耀武扬威的黑色桑塔纳都够了吧,够我看一辈子的小人书了。

爷爷走的时候,我年纪还小,也不知道爷爷嘀嘀咕咕说了什么。

尽管爸爸生前带我去遛弯的时候说过:我刚出世的时候,爷爷抱着我的样子很欢喜,可我没有那部分记忆。

奶奶走的时候,我就在跟前,她只分给了我爸一句:"以后好好的。"难怪我妈咽不下这口气,明明是我爸妈孝敬爷爷奶奶更多,我爸却什么都没有,什么也不争。

后来,我爸下海做生意,亏得一塌糊涂,亏完了自己家的钱,又亏完了从别人那里借来的钱。

在翻旧账这件事情上,女人似乎天赋异禀。

一到吵架时,我妈就翻旧账笑话他,说他命里不带财,手指缝比大马路宽,留不住钱,要不是她聪明,跟别人学着买点国债,按我爸那个没有生意头脑又非要做生意的结实呆乖①样,什么家产都挣不下来,估计连丫头(指我)读书都要借钱。

长大后,我逃离家乡一个人闯社会,在国外讨生活。我偶尔会想,尽管我平常看起来一副人畜无害、很好相处的样子,但真把我惹毛了,吵起架来尖酸刻薄、阴阳怪气的杀伤力没几个人招架得住,这不得不归功于多年来我在我妈嫌弃我爸的话语中

---

① "结实呆乖",安徽某地方言,形容人蠢笨。

耳濡目染。

这也算是因祸得福吧。

自打我上小学看乱七八糟的言情小说，知道了"爱情"这个词以后，我的小脑袋瓜就在想，我爸妈好像不般配——高中生跟小学生结婚一点也不般配，不像老爷夫人、总裁大小姐听起来就浪漫。我也不知道怎么被灌输进这种"阶级观念"，反正我笃信他们之间没爱情。

我爸走的头几年，家里每逢吃饭，还按老规矩盛三碗米饭摆三双筷子，她每个星期会把爸爸生前常穿的衣服拿出来洗一遍，晒到院子里。每逢我爸的忌日，她早上五点就爬起来，头发也不梳就挎着篮子去县里最大的菜场买菜，草鱼要最新鲜的，豆腐要最嫩的，再称两斤排骨做糖醋排骨，这些都是我爸生前最爱吃的。她做满了一桌子我爸的忌日宴，吃饭时对着空气干白酒，一口接一口地闷喝。

每到那一天，我在家里，呼吸走路都心惊胆战。

我渐渐习惯了每年爸爸忌日那天左手负重伤，习惯了那天会被打一顿。她对我也算不错了，打归打，吃还是让我吃饱吃好的。我有时还会主动给她递棍子。

反正横竖都要挨打的，早点打完早吃饭，她厨艺是极好的。

只是我再没在家过过生日，生日蛋糕四个字在我们家就像地雷一样。

许诺觉得我可怜，有一年特地把她的生日蛋糕拿出来跟我一起分，结果我用勺子挖了一口送到嘴里以后，又立马吐出来，我好像受不了那个味道了。

奶油好恶心啊。

我后来才领悟到，他们相爱，她很爱他。他们那一代人羞于说爱，只会用日常打骂嫌弃来表达爱，他们的爱是跟亲情骨血死死纠缠在一起的。

许诺跟我说，她爸妈也经常吵架，大人都一样。

有时她爸妈吵架的声音太大了，我俩坐在我家门口还能听见，我只好把她的耳朵捂上。

5

我家的三层小楼，是我爸妈结婚以后用攒下来的工资，一点点盖起来的，先盖了一楼和二楼，后来听说县城拆迁的政策是根据面积分房子，又借钱加了三楼。结果可倒好，三楼盖好了，我们那条临近县城美食街和购物中心的北门小街，又不拆迁了。

连接一楼和二楼的楼梯，没装栏杆，当初房子快盖好的时候，家里已经没钱了，爸妈又不想再低声下气地问人借钱，就一直没安栏杆。

反正奶奶住一楼,平常也不上楼,我们三口人,上上下下的都很习惯。

我从两三岁开始,就一个人哼哧哼哧地爬上爬下,从来没意识到那很危险,更没想过会有人从楼梯上摔下来,还是我妈。

第一次生出担心来,还是有同学来找我玩,惊讶地看着楼梯:"海潮,你家这楼梯太陡、太恐怖了,怎么连个栏杆扶手都没有? 万一摔下去怎么办?"

一语成谶。从来都这样,好的不灵坏的灵。

往医院飞奔的路上,东东和我踏过的地方,尘土飞扬。

我脑子像被战斗机轰炸过一样,四处坍塌。我以为我会幸灾乐祸,但我只有害怕。

那个女人看到我气都不顺,当然我平常也会故意把她气得发抖。

她抓到我从她钱包里偷零钱,罚我跪搓衣板。

她抓到我假装做作业其实把言情小说垫在语文课本下面看,又把我打了一顿。

初二下学期,我逃课去溜冰场玩,月考英语成绩从班级第一掉到二十几名,被老师叫家长。她当着英语老师的面,把我的成绩单撕掉了。我若自尊心再强一点,可能当场就想不开了。可我忍住了,我只不过事后故意从单杠上摔下来,摔断了左胳膊,以此做无声的抗议。之后的一个月我没考试也没做过作业,因为没有手拿笔。

那时,我左手经常受伤,原因千奇百怪,同学们见怪不怪了。

她不知道,从小到大我根本不恨她打我,反正我皮厚骨头硬。我真正开始恨她是因为再一次逃课被她发现,她咒骂我念不好书以后只能去卖身。

你看,她就是这么粗俗的女人,只念过小学的人词汇量真匮乏。她打我骂我,我无所谓,但我忘不了她如此骂我时的神情。

在学校里我哪怕再调皮捣蛋,还是凭借好成绩被各科老师寄以厚望,说我有机会上复旦。童年已经毁了,我连将来都不配拥有吗?

我什么都不怕,我只怕那个女人心一横真不让我读书了,那我这辈子真完蛋了。考上大学我就能摆脱她了。我每天盼啊盼,靠着"总有一天我会逃离这里"这个念头,才咬牙坚持下来。

可……还是那个女人……

咬牙挣钱供我吃供我喝、供我读书,会看着我第一名的月考成绩发呆。

我的情绪忽然很复杂,我已经没有了爸爸,难道我又要失去妈妈了吗? 尽管我对她有恨,但她不能有事。

终于到了医院,我看着冰冷的房间,冰冷的床单,病床上煞白的脸,"哇"的一声,号啕大哭。眼泪和鼻涕一起在脸上横流。

我顾不得左手疼,用力掐东东的手臂,把他手臂都掐紫了。

在旁人的视角里,两个中学生并排站在那里,一个鬼哭狼嚎，一个疼得哇呀呀乱叫。

　　我爸走的时候，我跪在地上守灵的时候，都没哭得这么惨。

　　一个"丧门星"有什么脸哭呢。但那一刻我哭得理直气壮，撕心裂肺，上气不接下气。医院里循声而来看热闹看得不明所以的人，肯定以为我们母慈女孝，才泪眼婆娑。

　　刀割在身上肉才疼，人快失去的时候才知道拥有……

　　幸好她没死，幸好她不会死，我还有妈妈。

　　出了医院，我一路小跑去大伯家借钱，准备用来当她生病住院期间的生活费。

　　我大伯是县城里远近驰名的有钱又抠门的人，住着三层的豪华洋楼，电视机、洗衣机、冰箱……那个年代流行的洋气电器他都有。他都这么有钱了，却还穿补了又补的破烂大裤衩在一楼的小花园里浇花。听说他还放过一段时间的高利贷。

　　我觍着脸去借钱的时候，早做好了被拒绝的心理准备，他要是不借给我，我就赖在他家门口不走了。

　　没想到，借钱竟然很顺利。他借了我一千元，递给我之前用大拇指沾了唾沫整整数了三遍钱，也不嫌脏。出门前他媳妇我大妈用眼剜了我几刀，我假装眼瞎没看见，反正钱到手了。要这点委屈都受不了，这么多年真白挨打了。

　　她摔破头住院，武力值一下子降到了负数，别提打我了，连自己坐起来喝口粥都费劲，一个人歪歪斜斜地拎着吊瓶上厕所就更困难了。

那阵子,我们过上了童话般"母慈女孝"的生活。

医生说她要吃点有营养的东西,我早上四点多就爬起来,在家里煮完了鸡肉粥、猪肝粥之类的东西给她,再从路上买点包子馒头,忙完了背着书包往学校跑。

慢慢地,她脸上又有了血色。

每次换完绷带,护士阿姨都会用鼓励的口吻跟我说:"别担心,快好了。"

那阵子她话很少,温柔得像历史课本上的唐代仕女,温柔到我都想让她在医院一直住下去。同时,那一阵子我的学习不退反进,从班级前三名一路冲到了年级前三名,一直把我当得意门生的语文老师四处夸我争气,家里那种情况还能好好学习,在办公室改试卷改作文的时候夸我,去别的班级里上示范课的时候也夸我。

我的抽屉里,莫名其妙地多出了好多封字写得龙飞凤舞的情书。

秋天快结束了,我却日渐春心萌动。

可能老天故意跟我作对吧,岁月静好的日子在我妈出院后戛然而止。

6

我们两个又变回仇人的主要原因，不是随着她的康复，打人骂人的战斗力恢复了，而是因为那个冬天，她不知道从哪里领回来一个死小孩。

这个小男孩脏兮兮地来到我们家，洗后换了身干净衣裳，白净得像瓷娃娃。

她没跟我提过这个男孩的身世，只说以后他跟我们一起生活，让我平常少欺负他。

笑话，我凭什么不能欺负他！我在家是"戴罪之身"没错，但这不代表凭空冒出来的人能分我的零食，分我的零花钱、我的房间……我的母亲……

我写作业的时候，他总在一旁捣乱，拉着我的胳膊，嚷嚷着让我带他出去玩。他吃饭吃得满嘴满地都是，还要我去帮他擦。他只比我小七岁，凭什么！我小小年纪就成了小妈子——这词是从学校干架打不过我的同学嘴里吐出来的。

家里多个人不只是加一双筷子那么简单，更拮据了，一个硬币都要掰成两块花。我妈为了赚钱，四处找人帮忙介绍活儿，极少在家，哪有时间看顾我们。

放假我也不能出去玩了,要在家里看着他,防止他磕到碰到,连许诺到我家来找我出去玩也不顶用了,她只能陪我在家里写作业,因为我要看着那个臭小孩。

那个臭小孩来了以后,关于我关于她关于我们家的闲言碎语的版本就更多了。

有不少人整日在背后嚼舌根,说搞不好那个臭小孩是她跟外面的野男人生的,现在野男人娶了媳妇不养这个孩子了,所以丢给她养。有了我以后,我妈的肚子就没大过,这孩子比我小七岁,怎么可能是她生的?

从垃圾桶里捡来的还差不多。

身世不明一点都不妨碍我讨厌这个臭小孩。

他把我从小学开始唯一引以为傲的东西——贴满整面墙的奖状撕得稀巴烂。母亲对我的关注原本就零星细碎,他来了以后更少了。

初三以后我经常自我怀疑,究竟我恨她是因为她把爸爸的死全部怪罪于我,又重男轻女,还是恨她不能像爸爸死之前那样爱我,恨一切都回不去了。

那几年,她迫于经济压力,削尖脑袋想法子赚钱养家,没时间收拾我,又正值台湾偶像剧的潮流疯狂席卷大陆,《流星花园》《薰衣草》《斗鱼》……我一头栽进了少女梦里,偷偷谈起了恋爱。

家里太平了一阵子,直到她发现我早恋,把我的礼物和情书一把撕碎扔进起火的炉子里,跑去学校里,当着全班同学的面,把跟我谈恋爱的男孩子骂得狗血淋头。

那之后,哪怕再喜欢我的男孩子,也不敢轻易靠近了。

托她的福,我高中三年,哪怕长相出挑,学习优秀,也没几个男孩子敢来招惹我。我也得以埋头苦干好好学习,一心想着,等考上大学我就能摆脱她了,就能光明正大地逃离这个家了,以后就可以跑得远远的再也不回来了。

我撕着日历等着解脱日。

7

穿挺括制服的列车员过来提醒,过了南京,下一站就是南山了。我的手被握在大卫的大手里,掌心全是细密的汗。好久没回来了,也不知道现在的南山怎么样了。

南山是个离南京很近的小县城,很多靠读书走出南山的孩子,后来不是出国、去北上广深,就是跑到南京工作和安家了。

南山的方言跟南京方言也很像,理不清谁学谁多一点。民俗文化这种东西和亲情一样,"说不清道不明"。

离南山越来越近了。我又看到了青山含远黛,云层又高又白又亮,晃眼睛。

上飞机之前,我的邮箱收到了第三封邮件,附有一个名为"我们的家"的 PDF 文件。

文件里是照片,那个三层小楼还是记忆里的样子,我的房间又从杂物间变回了小时候的样子,书桌被收拾得整整齐齐的,就连我以前诅咒她的小字条小本子,都被收拾得很齐整。放大以后,我找到了那本内容丰富的《作文素材摘录》……从前被臭小孩撕碎的奖状,被人用透明胶又小心翼翼地粘了起来,叠放在了书桌上……房间里的家具摆设又回到了从前的样子,从前三个人的合照,变成了一家四口,喜气洋洋。

我怎么会不知道,给我发邮件的人就是那个臭小孩。

他已经长到一米八了。他是我同父异母的弟弟。他在邮件里告诉我完整的故事之前我就知道他跟我有血缘关系,他不是我妈生的,那只能是我爸的骨血了,只是我小时候不愿承认这点,不想合理化那个女人的"重男轻女"。

他生母是我爸的小学同学,他们小时候互相喜欢过。

我爸从前去广州出差的时候,见过他母亲一次,他母亲学习不好,家里又穷,很小就辍学打工了,一个女人在工地上干苦工。我爸知道也帮不上什么大忙,就请她吃了一顿饭,留了几百块钱。他们只有过那么一次,谁知道就有了他。

我爸死的时候,那个女人带着孩子来给他磕过头,只是我没什么印象。后来她在工地上出事了——从很高的地方摔下来,包工头为了不影响工程进度,很快给前来讨公道的她的家里人塞了两万块钱,只是他成了没人要的孩子。

母亲也不知道是从哪里听来了这些消息,把他带回来养了。

我家莫名其妙多了一个野孩子,我多了个弟弟,他倒因祸得福,又有了家,再不用过随时搬家的动荡生活了。更重要的是,母亲待他很好,很宝贝他,像小时候宝贝我一样宝贝他。

可能因为不是重大节假日的关系,车厢里几乎没人,我也不怕被人听见。

我就这么一直絮絮叨叨地说着,讲得口干舌燥,嗓子都有点哑了,大卫才开始握紧我的双手,安慰我,告诉我路还长,我们慢慢说,他会一直陪着我。

我又像打了镇静剂一样,安静下来。快到南山了快到南山了,我能见到她了。

在酒店放完行李后,我们立刻打车去了县医院。

臭小子已经长成大人模样了,早早在医院门口等我们。他在前面领路,我跟大卫紧紧跟在后面。走廊越走越深,医院里消毒水的味道很浓烈,我竟然觉得好闻,大概因为我很早就适应过这个味道的缘故吧,只是我的眼睛依然适应不了医院里惨白的灯光。

她比照片上还要憔悴蜡黄,手背上是密密麻麻的针孔,感觉快被扎穿了。人老了以后会缩水,她整个人都枯萎了,像从垃圾桶里捡回来的皱巴巴的废草纸。

她这些年应该过得很不容易。她的眼皮好像有千斤重,她很费力地撑开一条缝想看看我。可我有点不敢看她了，下意识地用左手掐大卫。她曾经那么爱美，在病床上这样细看她太残忍了。

回来的路上，我想了好多遍要说的话，我想质问她那些年为什么……

可我没想到命运抢先一步审判了她，看到她面容惨淡地躺在那里，我一下回到了我十三岁时她从楼上摔下来那次。

我……我是咒过她，可我从来没真想让她死啊。

不知道时间过了多久，到了进食时间。

她现在很虚弱，大部分时间里靠输营养液维持机能，就算吃饭，也只能吃流质食物。臭小子把给她准备的粥拎进来了，我想都没想，接了过来，打开盖子后，用勺子去喂她……

"姐，你——"

"Oh,my god！"

臭小子和大卫几乎同时叫出声来。他们怎么了？ 怎么，刚才差点洒出来吗？

我用了右手拿勺子！ 我刚才……用右手了?!

她张了张嘴想说什么，又没能说出来。几乎是同时，她干枯的眼角渗出几滴眼泪，眼泪顺着她脸上干枯的纹路流下来……一定是医院的消毒水酒精味太呛眼睛了。

我也被呛出眼泪后，假装镇定："搞什么啊，医院的粥像刷锅水一样……"

"姜晓宇,你把手机拿过来记一下,我跟你说去小菜场买哪些东西。"

"明天我来做饭吧。"

回到老房子翻开从前的日记本后,我身体里封存的另一半记忆突然全部苏醒。

家里亲戚来抢房子的时候,她拼了半条命守住了这个小破楼,守住了爸爸留给我们的仅存记忆。夏天天热,没钱装空调,蚊子又到处乱飞,她坐在我的床前帮我打过蚊子,扇过扇子。小学刚升初中的时候,有从前厂里的老同事跑过来劝她,不如早点把我嫁出去赚点彩礼钱,她也好没有拖累,清清白白地改嫁过好日子,可她油盐不进,继续咬着牙供我读书。初三那年下晚自习,我被猥琐男一直跟踪到家门口,她拿着菜刀就冲出去,把那男人吓得屁滚尿流。她打完我,半夜爬起来,跑到爸爸照片前惭愧哭诉,怪爸爸走太早,她管不好我只会打我,她也是从小被打大的,她不会教孩子,可再打下去小孩子被打坏了怎么办……

我终于肯跟大卫承认,我好害怕失去她,我从上飞机开始就几乎不能呼吸了。

我们彼此仇恨过,但有些融进骨血的东西永远不会改变。

从前我们浪费了太多时间在恨上,我恨她,也只是恨她明明不用那么犟,不用过得那么苦,我们也明明不用互相折磨。

但她终究是我母亲,我爱她。

故事背面

问:你的身份是什么?

答:作家,策展人,free lancer(广告公司兼职)。

问:写这篇故事的初衷是什么?

答:大部分人在写母爱的时候一边倒,歌颂母爱但回避问题,可现实里,母亲与母亲是不同的,现实里也有很多"爱恨交织"的母女关系。比如我的就是。

问:你最希望谁看到这个故事?

答:如果将来有机会影视化,我会跟我妈妈一起走进电影院。但我更希望那些以为自己不被爱、但其实正在被母亲用她独有的方式爱着的小孩看到,希望可以给她们某种"反向治愈"。

问:这个故事有真实事件原型吗?

答:有。我自己就是个标准的左撇子。文中小时候因为不爱学习经常挨打,以及妈妈从楼上摔下来的事情都是真的。不说了,有点难过。

问:用一句话描述文章的核心。

答:几乎没有妈妈是不爱女儿的,只是做妈妈这项事业也需要练习。

问:这是一篇很"激烈"的文章,你自己觉得呢?

答:是的,这是一个很激烈的故事,读到某个地方很可能会让人情绪激动的故事。但我倒没有为了"激烈"刻意去妖魔化母女关系,我只是隐喻了生活,揭开了另一种母女关系。她们相爱,她们也互相伤害,最后她们还是相爱的。

问:如何看待子女与父母的关系?

答:我们那里有种说法,说孩子都是讨债鬼,好像在养育子女的过程中,父母变成了弱势群体。但我不这么认为,我觉得父母跟子女是一种因血缘和亲缘联结、搭档修行的关系,父母修行如何养育子女,如何把子女看成独立的个体,子女则要修行如何感恩、尊重父母。要做好都不容易。

问:再回看这个故事,除了"战争",是否还有其他解决方式?

答:勇敢地表达能解决至少80%的问题。去年有段时间,《非暴力沟通》这本书很火,有个观点我非常赞同,如果要避免暴力沟通就要去观察和感受,勇敢表达自己的需求。我们中国人不擅长口头说爱,但其实在所有的关系里,表达都是非常重要的,故事里的母女一边对抗,一边爱着彼此,但如果把故事搬到现实中,我认为勇敢地表达爱,说出自己的感受和需求,能让发生过"战争"的母女更早和解。

我妈妈的故事还没完，
就如接下来的这个故事一样。
也是关于妈妈，
难道母女之间生来就是敌对的吗？

明月几时有

慕思
飞驰成长签约作者
前半生历尽大风大浪

"本报讯,××检察院检察长×××,因涉嫌贪污受贿,现被监察机关留置审查……"

亲爱的,这个故事讲完,我也应该睡了。我是一个电台主播,听完我的故事,就去睡吧。

鼠标滑动的声音在空荡的房间里显得异常刺耳,看着电脑屏幕上不停地弹出各项关于那个女人的新闻,我鬼使神差地不停按动着鼠标左键,那个女人的照片一张又一张地在桌面上出现,恍惚间我认不出来她究竟是谁。

那个女人,是我的妈妈,可是,屏幕上的那个人,熟悉又陌生。

"慕思,该打针了。"推着手推车进来的护士打断了我的思绪。

我合上电脑,乖乖地伸出左手给她:"今天可以不打留置针吗? 血管有点痛。"

护士熟练地在我的小臂上找到她熟悉的那根血管,毫不犹豫地推了一个留置针进去:"不行哦,你今天还要去做CTA呢,要注射造影剂。"

看着血液回流的针头,我知道我没得选,只能接受,跟生活一样,大多时候我们都没得选,比如,不能选择自己的父母。我很讨厌打留置针,比起留置针,我更愿意被普通的输液针头多扎几次。细小的钢针刺破血管的刺激感,比留置针的软管在血管里左右磨蹭带来的隐痛要好得多。

"你看看你的手和胳膊,怎么全是疤?!"护士姐姐每次来打针都会埋怨我,嫌我手上的伤痕太多。

听到她的话,我看了眼手上的"小蚯蚓",笑着没有讲话。

"你的检查排在八点三十五分,早点过去,门诊人很多,去晚了他们才不管你是不是提前排了队的。"打好针的护士姐姐临走之前不忘嘱咐道。

隔壁病床的阿姨一早被推去手术了,护士姐姐离开后,病房里恢复了一片寂静,只有窗外的鸟儿时不时唱两句。

我拿起手机看了看时间,已经八点十分了,我关掉了新闻,穿上拖鞋,慢慢向检查室挪动。我的脑子一片空白,妈妈什么时候就成了贪污犯?检查室的门口热闹得像周六的步行街,每个人的身边都陪着家属,而我,只有一个人。我的家属,在新闻里。我用检查单虚掩着留置针,小心翼翼避开焦急的人们。

"请患者慕思到1号检查室检查——请患者慕思到1号检查室检查——"扬声器里机械的女声终于开始重复我的名字,正被沸腾的人群吵得头更痛的我,终于得到了解脱,来不及护住自己的手臂,我冲进检查室,当金属大门被关上的那一刻,整个世界终于清静了。

棺材一样的机器旁,站着一位女医生,她头也没抬,核实了我的信息之后说:"你把鞋子脱了,躺到机器上面。"

我坐上去,还没来得及调整到一个舒适的位置,医生便把留置针和挂在另一台机器上的液体连接好,说:"造影剂一会儿在你进去之后再打,顺利的话整个检查会在三十分钟内结束。"

"好的,谢谢。"

确保一切就绪,医生回到她的工作间,我被送进了机器的嘴里。

"先是一片安静,然后是巨大的轰鸣声……"有过好几次CT检查经验的我在心里默默回想这个"吃人怪兽"的"惯用套路"。

突然一股热流向下半身袭来,大小便失禁一样的感觉,惊得我差点把脏话骂了出来。"幸好不是失禁,不然也太丢人了吧。"听到熟悉的机器轰鸣声,我竟然有一丝安心。

正当我以为检查要结束了的时候,机器停止了运转,我听到有人在说:"怎么停电了,UPS呢?机器不是接在UPS上吗?"千年一遇的医院停电居然被我遇上了,这该死的运气。

"嘀——嘀——嘀——"躺在机器里的我一阵耳鸣,渐渐地我的意识逐渐飘远,刚刚没看完的新闻在我脑子里疯狂放映,文字内容没有记住,照片倒是像PPT一样,一页一页地翻动。

我不停地在想,那个女人到底是谁?一双无形的手正加速翻动着照片，无数张照片最终和我的电脑壁纸重合在一起……

"一定是错了，一定是错了！那个人，那个人怎么会是我的妈妈……"一个声音在我脑袋里大声嘶吼着。

脑袋里的争吵触碰到了留置针，血管里的疼痛让我想跳起来逃出去。

不知道从什么时候开始，我的头每天都无比地疼，查了好几次，还是找不到原因，但就是疼到无法入眠。

"电来了电来了，快把病人弄出来。"突然，一个清晰的声音在我耳边出现，两名医生把我扶出了机器。

大概是在里面待的时间有些久了，一切都是那么不真实，脑袋里的声音吵得我的头要爆炸了，胃里也有些恶心的感觉。我在检查室外坐了一会儿，晕着走回了病房。

"慕思你还好吗？听说那边刚刚停电了？"护士姐姐看我回来，急忙问道。

我打趣道："喜获一张人生体验卡。"

护士姐姐接着说："你看你的脸都白成什么样了，还开玩笑。你先休息一下，一会儿带你去做心理测试。"

"辛苦了。"

我又打开合起的电脑，大概是还没缓过来，手指哆嗦得输错了几次密码，终于在电脑锁定前的最后一次机会时登了进去。

电脑桌面上停留着刚刚没看完的新闻，我像失明了一样，看不清桌面上是什么内容，一滴冰冷的液体砸到了我的手背上，我恍然,原来是泪水糊住了眼睛。我已然忘记手背上还挂着一个讨厌的留置针头,我用右手抓住了左手的手背,剧烈的疼痛顺着血管传递到胸骨,如同无数的白蚁疯狂啃食着心脏瓣膜,那疼藏在肉里,却难以启齿。

窗外的鸟儿又唱了起来,我看到一个女孩冲出了家门。

2012年的夏天,刚刚步入社会的我被轰去了B城。没错,是被轰去的。从小我就是家人嘴里的好孩子,但只有我自己知道,听话的背后,是二十多年来自己如提线木偶般的存在。一旦和父母的想法发生冲突,那就是不乖不懂事。

"你不听话,那我们就不要你了。"这句话像童年阴影一样,伴随我长大。为了博得大人喜欢,我只能装作没有想法。

可是,这一次,我想做一些改变。学艺术的我本来应聘了一家自己感兴趣的单位,可父母在体制内工作,觉得新兴产业不稳定。他们说我年纪小,不知人间疾苦,背着我给某行业内出名的一家大公司投递了简历,托人找了一些关系,硬是把我塞了进去。他们觉得能在那里工作,对女生来说是最稳定的了,但这种行为彻底激怒了我。

"我不去。"这是我第一次违抗他们的安排,我感觉自己好厉害,可是随之而来的,是心跳加速。

"你到底想干什么?!"对面的女人双手叉腰,歇斯底里地喊着。

"你怎么想的? 不去工作,想在家里啃一辈子吗?"女人身旁的男人用手指着我的鼻子，眼睛因为愤怒变得通红。

我站起来，走到衣柜前，拿出衣服，一件件叠了起来。

"你想过自己的未来吗？"

…………

他们连珠炮似的攻击，使我脑子里一片混乱，我停下了正在叠衣服的动作："我不是在收拾行李了吗！还想让我怎么样！"

"收东西？早不收晚不收，非等到要开车的时候才收，你凭什么不想去？"女人生气地拿起旁边的书，顺手就砸在了我的头上。

旁边的男人没有阻止她的动作，只是在一旁，边挥舞着胳膊边不停地重复："你不知道我很忙吗？太不让人省心了，太不让人省心了！"

我一把合起行李箱，冲出家门。忙，就知道忙，升你的官吧，我不需要你管。

就这样，我到了让我陷入痛苦旋涡的城市。

我努力融入 B 城的工作环境，伪装着一切。可本就不怎么听话的身体在极度的焦虑下变得更加糟糕。复杂的人际关系、隐秘的职场潜规则以及脆弱的亲子关系，无一不折磨着我。没过几天，我便病倒了，感冒没一两个月好不了，到了晚上就发烧。日日咳嗽，夜夜失眠，天天头痛，止痛药吃了好几种，不再有效果。

我去医院看病，连续几次，都检查不出原因来。

我到底怎么了？

后来我才知道，身体不说谎，能告诉你心情的答案，在一个不喜欢的公司做不喜欢的事情，我的身体只能一次次报警。

这是我又一次请假："领导，这是我的病情证明，我先请一周的假，麻烦您了。"

"好，你按流程走就可以了。"

"谢谢领导，那我先下去了。"我赔着笑脸。

在我离开领导办公室的那一刻，脸上的表情瞬间消失。紧张，压抑，只有使劲掐自己才能克制住不崩溃，我突然觉得手心有点烫，随后针扎一样的痛感顺着手臂蔓延开来，我的手和小臂上，一个坑一个坑的，全是指甲印。深深的指甲印像一个个小水坑，周围白色的部分像围栏怕水沟里的水漫延一样，处处阻挠着水坑的发展。

我不知道自己为什么这么害怕，不就是请个假吗？我慢慢走回休息室，刷着手机，同事静静看见我，急忙说道："经理在群里找你。"

等我走到经理办公室时，经理眼睛盯着电脑屏幕，没有说话。半晌，她晃了晃椅子，转过来，喝了口水，缓缓开口道："是这样的，王总说了，以后你请病假去医院都要递条子，写申请。"

"经理，如果我请假的时间只有两个小时，也需要提交休假申请吗？"听到经理的话，我有点不能接受。

大概是茶太烫，经理端起杯子吹了一下，继续说道："是的，王总说了，如果是你请假，全部要提前申请、打报告。"

我继续辩驳道："可是我们不是请超过半天假才需要申请吗？"

听到这话，经理的脸上闪过一丝疑虑，接着叹了口气："没办法，领导说了。"

听着经理说的话，我的喉咙开始有点不舒服，刚刚直接吞进去的药丸紧紧贴在喉咙管上，汲取了喉咙内壁液体的药丸像是被 502 胶水紧紧粘在上面了一样，胃里有点反酸，一阵恶心涌上来。

"经理，我以前请的两个小时假都是连着早上刚上班或者中午休息时间的，真的没有多占时间……"我的声音有些嘶哑，干干地解释着。

"跟我说没用，要不你自己去跟王总说去吧。"经理把杯子往桌子上一拍，直接打断我的"狡辩"，接着把椅子转了回去，继续在电脑空白的桌面上寻找着不存在的紧急文件。

"那我不干了！"一股莫名的力量驱使我说出这话。

"什么？"经理突然转过来盯着我，一脸不可置信。

我歇斯底里地吼出来："我说，我不干了，你们爱怎么样怎么样，我不奉陪了！"

经理似乎被我突如其来的爆发吓住了，愣了半晌，冷哼一声后开口道："你别忘了当初是怎么进的公司。你不干？你对得起你妈吗？你别以为你妈刚升职，你就可以……"

"够了，我不玩了，你们自己玩吧。"

一阵风吹来，我们的对话被吹散在人流里，连带着被吹散的，还有戴在嘴角没来得及摘下的面具。

斟酌再三，我还是决定给母亲发个微信：

"妈，我请假了，后天回去，我想你了。"

她没有回我，应该是在忙吧。我反正已经习惯了。

两天后，我拖着不大的箱子站在车站外面，看着眼前这座熟悉又陌生的城市，我自嘲地笑了笑，收起脸上的失望，随即坐上了公交车。"算了，本来就没让他们来接，不是吗？"我心想。

一共有36个圆形，72个正方形，这个防盗门上的图形被我数得清清楚楚。站在门口已经两分钟了，我听见屋子里的高压锅发出"嗞——嗞——"的声音，但我还是没想好到底该用什么样的表情进门，当然也没有想好见到父母第一句话该说些什么。

"不想了，该怎么样就怎么样。"我在心里安抚自己，硬着头皮把钥匙塞进门锁。钥匙刚刚转动，里面的人似乎听到了动静，门立刻从里面被打开了，一个惊喜的声音出现："慕思，你回来啦！"

开门的是母亲，父亲双手背在身后站在母亲身边。

"你看到我信息了？"我问。

"是啊，太忙，没来得及回。"她说。

我站在门口，不知道是一种什么感觉。

"快进来，我帮你把箱子拿进去。"正说着，母亲伸出一只手把我的行李箱拉进了房间，扭头讨好地邀功道："慕思你的被子和褥子我刚收进来，可暖和了，上面还有你喜欢的太阳的味道。"

父亲在旁边打趣着："是螨虫尸体被烤焦的味道。"

听到父母的对话，我无意识地笑了笑，只闻到厨房里传来好闻的饭菜香，那是童年的温暖，和新年的祝福。

"慕思你快洗手，准备吃饭，给你炖了汤。"父亲说。

"汤汤汤，你除了炖汤还会做什么别的吗？每次慕思一回来就说炖汤，你怎么不问问慕思要吃什么。"母亲打趣道。

父母在客厅的拌嘴，突然让我鼓起了勇气，想找个时间和母亲好好聊聊关于工作的事情，可是事与愿违，那顿饭还没吃完，母亲就被她的工作叫走了，说是单位有个什么案子需要加班。母亲出门前嘱咐着："慕思，你先吃饭，我给你安排好了。三点医院门口见。"

她一直知道我身体不好，却没问过我原因。

我放下碗筷，追着母亲到了门口，轻轻说道："妈……"

不知道会面临怎样的风暴的我忐忑不安，巨大的紧张迫使我把双手背在身后，右手又抓上了小臂。

"妈妈很快回来。"她说。转回头，她又说，"我要迟到了，下午三点医院门口见。"

说罢，母亲用手揉了揉我的脸，这么亲密的动作已经有好多年没有做过了。

看着母亲离去的背影，我鼻子一酸，突然哭了出来。

哭完之后，我才意识到，她的眼神里，都是焦灼。

母亲总是在各种时间突然被工作叫走，对于这一点我早就习惯了，从小到大，好强的母亲为了在工作中不输给别人，加着比别人多的班，放着比别人少的假，工作几十年来，每天都很忙碌，根本没时间陪我。她说，她的工作是为了让司法公正，为了更高的理想，而现在，我已经大学毕业两年了。

但好在，好在功夫不负有心人，母亲终于在她的单位有了一席之地，这是她努力工作的回报，也是我童年空虚的原因。

下午三点，我站在医院门口给母亲打电话："对不起，您拨打的电话已关机，请稍后再拨。Sorry……"

怎么了？

我从来没听说母亲的电话会关机，就算再紧急的情况，母亲的电话从来没有关机过，我的内心升起一丝不祥的预感。

我赶紧挂断电话，打了母亲另一个号码，电话那头传来同样的冰冷女声。

"对不起，您拨打的电话已关机，请稍后再拨。Sorry……"

紧接着我又打母亲办公室电话，依然是没有人接听。

我心中不祥的预感愈加强烈，医院门口人来人往，这里是最不缺生意的地方。我站在医院门口，太阳很大，我感到一阵耳鸣，突然我的腿被什么撞了一下。

"姐姐,对不起,我不是故意的。"一个稚嫩的女声从下方传来,我慢慢低下头。

"不好意思啊,这孩子不愿意来医院,到处乱跑。"一个拿着气球的女人在旁边小声解释道。女人牵着小女孩的手越走越远,身后飘来小女孩稚嫩的声音:"妈妈,那个姐姐也在找妈妈吗?"

我把脸埋在手臂和膝盖围成的保护圈里,过了几分钟,我想起了一位长辈,拨通了她的电话。

"婶婶,妈妈怎么了? 她手机关机了。"

"慕思,你别多想,可能只是在开会。"

"她是不是出事了?"

"你在哪,慕思?"

"我在医院门口。"

"等着我,我马上过去。"

母亲被留置的那一天,正是我入院的那一天。住院的第七天,我打开电脑,正准备关机的时候,弹出来一个新闻网页,上面写着一则通报,我鬼使神差地点开了那个网页,上面赫然写着母亲犯下的种种过错,黑色的字看起来比血书还刺眼,那文字,触目惊心:贪污、包庇、涉黑……

通报上面写的每一个字我都认识,组合在一起我却一点儿都读不懂。

我开始像个文盲一样在脑海里搜索着每个词语的意思,我真的不敢相信,通报上面的这个女人真的是我的母亲吗?

如果通报上面都是真的,那么钱去了哪里?

这么多年来,家里似乎没有多添置一件物品,房子是贷款买的,车子是别人换下来的二手车,生活中她没有奢侈品,每天都在工作,出去吃饭时是会打包的,衣服是特价时买的,好友出国玩带回来的高价护肤品是舍不得用的……

看着通报上的照片和我的桌面逐渐重合,一股巨大的负罪感从心底油然而生,看着窗外的太阳,我多想和刚刚一直唱歌的鸟儿一样,一跃而下。我竟然从来没有了解过我的母亲。

脑子里紧绷的那根线在快要断掉的时候,护士姐姐拿着一沓检查报告走进来:"慕思,你的检查结果出来了,周五手术,这一份是心理检查结果,你要自己看吗?"

我像个干了坏事怕被发现的小孩,急忙把电脑一合,从她的手里接过报告,把左手伸了出来:"今天的留置针可以拔掉了吗? 不舒服。"

"针还没打完,打完再拔吧。"护士姐姐拒绝了我。

检查结果不出我所料——重度焦虑加上中度抑郁。我拿着报告一个字一个字地读着,突然笑出了声,这份工作,我算是受够了。我把检查结果和电脑一起扔在被子上,顺势躺了下来。天花板好绿,只露出中间一点白,这一点白色,犹如一个时空隧道,把我带回那个周末。

母亲在我提出辞职前一周其实来 B 城看我了,那天晚上临睡前，心里那盆茁壮成长的仙人掌刺得我无法面对母亲，我躺在床上背对着她刷着微博。

母亲看起来有些焦灼，一次又一次坐起躺下又坐起，似乎有什么难以启齿的事情想说出来，最后下了很大决心似的开了口："慕思，跟你说件事情，我这次可能要倒大霉了。"

听到这话，我心跳漏了一拍，停止了手指的滑动，却依然不觉得有什么事："怎么了？"

母亲接着说："刘阿姨你还记得吗？ 她因为涉黑，被留置了。"

"所以呢？"

母亲叹了口气，轻轻地说："之前我们还在一个部门的时候，有一个项目是她负责执行的，我是她的领导，在她所负责的项目上签了字，听说当时和这件事有关的人都被叫去谈话了。"

"好，我知道了。"我没有多说，一直沉迷于手机里的八卦：那谁跟谁又离婚了。

"你没有什么想问我的吗?"妈妈说。

"哦……留置最多要多久?"

"一般一个月，最长六个月。"

"好，我知道了。"

我早就知道他们要离婚，赶紧的。

沉默半晌，母亲没有忍住说道："慕思，我是说有可能，那也可能没有事情啊……"

我突然感受到隐约的不安，于是放下手机，努力克制住内心那股不安的情绪："你做什么了？"

她什么也没说，只是在摇头。

我说："六个月是最坏的结果吗？"

"是的。"

我没有多想，因为在我的青春里，离开我六个月不是很正常吗？

一段日子后，法院判了，十年。

从来不觉得十年很长的我开始思考十年到底有多长。对于只想活到三十岁的我来说，十年够我转世再上小学了。原来十年这么长，那，我配活那么久吗？

我的抑郁症又加剧了。

从检查室里出来的那一刻，我不停地追问着自己："为什么活着出来了？我凭什么可以活着？"

想到这儿，我的痛苦循环了起来。

一个月后，我从医院里走了出来，我找了份压力不大且喜欢的工作，我把自己每天的时间都安排得满满的，生怕一个不注意就被悲伤和负罪感钻了空子。

没有人知道这个月我的生活到底发生了什么，甚至和我形影不离的好友也只是觉得我病了，我去办理离职手续的时候，和领导又吵了一架，同事找到我，问我为什么。

"那我跟你讲个故事吧，有一个女人因为没有守住自己的原则和底线,最后进了监狱被判了十年,她当时也觉得没什么啊。"我语气平缓地讲出这个故事。

"你少举极端例子。"她用手点着我的头,恨铁不成钢地试图让我闭嘴。

我看着她的表情,突然笑了出来,笑得弯了腰,笑到有咸咸的液体从鼻子里流到了口腔。过了两分钟,我渐渐止住笑:"是不是特别不可思议? 是不是觉得我病得不轻?"

朋友像看傻子一样看着我,没有说话。

"这是我妈,在我手术那段时间发生的事。她包庇了很多事,在自己的岗位上,让很多案子没有得到公平审理,她应得的。"我又抿着嘴,从鼻子里笑了出来,眼睛弯成了两个小细缝,用力把脸上两块苹果肌挤了出来,"快去上班吧,我走了。"整理好表情,我走出了那个令人窒息的房间,留朋友一个人在茶水间平复心情。

地铁门关上的那一刻,手机震了震,我打开一看,是朋友发来的信息:"慕思,我太震惊了,我不知道该怎么安慰你! 但我想跟你说,你没有错,这是你妈妈的问题,和你无关。"

"谢谢,真的吗?"我在地铁里回复着。

"那是你母亲做了错事,不需要母债子偿,她已经在接受惩罚了,你要开心起来。"朋友又发来一条信息。

"我有错,我是她的孩子,所以我无法原谅自己。"我没有发出来,但我编辑完之后,就哭了。

　　我把手机塞进包里，空洞地看着地铁上的广告。

　　我看了网上那些评论，那些咒骂我母亲的人，我的心里好难过，如果她不是我的母亲，该多好。如果她当年没有那么地努力工作，该多好。如果我不是我，该多好。

　　天气越来越冷，头痛发作越来越频繁，越来越剧烈，一般的止痛药已经不能消除疼痛的感觉了，可每次去医院，就是查不出来为什么。没有她的日子里，我开始用极端的方法去止痛，比如白天用咖啡，晚上用酒。咖啡因的兴奋和酒精的迷醉，让我无法自拔。

　　窗外一片寂静，我躺在床上没有开灯，月亮很亮，照在胳膊深深浅浅的疤痕上，我又陷入了那个旋涡。不知道从哪一天起，我喝酒，喝很多很多的酒，企图用酒精掩盖一切的痛苦；我抽烟，抽很多很多的烟，企图用尼古丁麻痹世间所有的苦难。可这还远远不够，我尝试用更加极端的方式去放纵自己：用刀在皮肤上作画，那细细小小的刺痛让我沉醉；让湿润的浴巾和脖子亲吻，那窒息的眩晕让我着迷；甚至一次又一次爬上离月亮最近的地方，企图和它永不分离。不过每次在最后一个瞬间，总有个声音把我叫醒，告诉我："这样不可以！"

　　那声音，分明是母亲的。

　　冬天的太阳爱偷懒，窗外一片漆黑，只有垃圾车发出"嗡嗡嗡"的噪音。有一天夜里，全无睡意的我准备洗个脸，无意中看见镜子里有个满脸浮肿、蓬头垢面的猪头，我笑了起来，这是谁？再三确认过这是我自己之后，镜子里的嘴角咧不开了。

我在心里一遍又一遍地问："我怎么把自己过成这个样子了？"

水管里的水不停地流着，我又问道："我在怕什么？"

我决定去看守所看一眼母亲。在看守所门口，我停住了，拿出手机照了照，看了看自己颓废的样子，我忽然害怕了。想到这一年的日子过得颓废又迷茫，我很后悔，这不应该是我啊！用逃避的方式躲避自己内心的懦弱，这是多么可笑的事情！

虽然母亲犯了错，但我没有错啊，用这样的方式惩罚自己有什么意义？她一定不愿意看到这样的我！我回到家，看见还开着的水龙头，关上它，转身拿起扫把打扫起被我堆得像垃圾场一样的地方，一边收拾简陋的出租屋，一边收拾残破的内心。

两个小时之后，我坐在干净的书桌前，闭着眼睛回想一切，我用纸和笔写了下来。从母亲出事那天起，我明白了一个道理：靠山山会倒，靠人人会跑，只有自己最可靠。任何利益只有通过合理合法的手段创造出来，才是真正有价值的。母亲做了错事，她已经受到了应有的惩罚，这并不妨碍我做一个正直的人，也不妨碍我爱她，当然，这爱也不是一味地顺从。

那天，我在冬奥会的"广告宣传"下，开始练习滑雪。我一次次摔倒，又一次次爬起。最后，我竟然成功地滑了下去。望着白茫茫的雪道，我开始认真规划自己以后的每一步人生：不带任何功利心地去学习，不卑不亢，勇敢面对自己。终于，在一次又一次的尝试中,我彻底离开让自己不开心的地方,去寻找真正的自己。

自那之后,我与自己和解了,从此我喜欢抬头看月亮,阴晴圆缺,各有各的风韵。

我后来见过母亲几次,她都鼓励我和父亲一起,好好生活下去。

我说,我会的,你在里面好好表现,等你出来。

余秀华写过:"一个能够升起月亮的身体,必然驮住了无数次日落。"既然月亮总会升起,日落又有什么关系?明月几时有,抬头看,月亮不曾放弃任何一个人。

又过了几年,我梦见满是白发的母亲从监狱大门走了出来,看着面前那个略显佝偻的身体,看着她一步一步向我走来,我抑制不住自己满眼的泪水向她跑去。

今年我三十岁,我不想死,我愿意再活一个三十年。

苦难是什么?我不知道,但我想好好生活,从头开始生活。我知道苦难从来都不是借口,明天会怎么样谁知道呢,有日出有日落,有月隐有月现。

这样就好。

故事讲完了,晚安。

希望你喜欢我的故事。

故事背面

问:你的身份?

答:金融从业者。

问:为什么要选择写作这条路?

答:因为怕自己遗忘,怕自己忘掉很多事情,忘掉自己原来也有
很多的想法。因为我现在的工作环境,是不允许有太多想
法的,否则就会显得格格不入。我不想成为一个没有感情
的机器人,所以我要把这些都记录下来,证明自己来过这个
世界。

问:你写这篇故事的初衷是什么?

答:为了记录一些我不敢回忆的事情。嗯,这些事情都是真的。

问:你最希望谁能看到这个故事?

答:陌生人。

问:这个故事是有真实事件原型的,是吗?

答：有的……

问：用一句话来描述这个故事的核心。

答：世间有苦痛与坎坷，但爱是永恒的。不要给自己上枷锁。

问：在写这篇文章的时候，你的内心是一种怎样的体验？

答：很煎熬，很忐忑，也很痛苦。就像一个已经愈合的伤口，我要把痂撕掉，痂连着皮，皮连着肉。就是那种又窒息又痛的感觉。龙哥（李尚龙）给我打了好几个电话，给我勇气让我动笔，动笔之后，我觉得自己又陷进去了，以为忘掉的事其实没有忘掉。就好像感觉掉在万丈深渊里，非常无力。好在，我写完了，谢谢龙哥给我的力量。

问：你有什么想对过去或者以后的自己说的？

答：路都是自己走出来的，你的感觉才是最真实的。

问：有句话是"一切都是最好的安排"，如果让你重新经历这一切，你还愿意吗？

答：不愿意，但我会感谢这些经历让我成长。

问：你现在过得好吗？

答：本来想说挺好的，但是我又不想骗我自己。只能说过得不好也不坏吧，但我觉得以后会好的。

第二天，我梦见自己碎了一地，我的意思是，真的碎了一地。我想，这可能跟我听过的另一个故事有关。

一个人的乐队

刘紫琪
飞驰成长签约作者
公众号编辑，写作风格独特

1

"妈,我十七岁了,你能不能尊重我一下?你简直就是个法西斯!"

我看着餐桌前扣着碗、咬着牙冲我喊叫的儿子,又心寒又生气,不由吼道:"叶熠阳,我怎么不尊重你了?我要是法西斯你都活不到今天。你好意思说你十七岁了?你知道十七岁该干什么吗?"

终于,我忍了一下午的怒火还是爆发了出来。

"那你让我死,我把器官捐献给那些需要的人,让他们当你儿子。"叶熠阳也吼着。

"你爸天天治病救人,你天天嚷嚷着去死。你这是随谁?"我说。

"你就是法西斯!"说完,他躲回了房间。

下午班主任把我叫去了学校,说叶熠阳最近松懈了很多,忙着搞乐队,月考成绩退步了不少,数学居然都没及格。老师说得委婉,但意思很明确:父母也要配合,学习才是重中之重,建议让他退出乐队。

淅淅沥沥的秋雨下了一个多星期,我走出校门,看着手中的试卷,鲜红的"56"在阳光下着实刺眼,腹中涌上一股气,直冲胸口,被闷在其中隐隐作痛。

想起临走时老师的叮嘱:"十七岁的孩子,正是自我意识爆棚的时候,一定要好好地沟通。"于是我捂着胸口,不停默念着清心咒:"好好沟通,好好说话,不发脾气。"

晚上做好饭,喊了几遍,叶熠阳都没有动静。我推开他的房门,他正戴着耳机,两手拿着笔敲着桌上的水杯,摇头晃脑地唱着:"我就是我自己的神,在我活的地方。我和我最后的倔强,握紧双手绝对不放,下一站是不是天堂……"

什么歌,这么难听。我寻思着。

"阳阳,吃饭了。"我深吸一口气,极力用平静的声音说道。

"我在风中大声地唱,这一次为自己疯狂……"他唱得起劲,完全没听到我在说什么。

我走过去,扯掉他的耳机,抬高了声音:"吃饭了!"

叶熠阳一惊,随即露出他的招牌式咧嘴笑:"别跟我喊啊!"

"我没跟你喊。"我说。

在餐桌上,还是边吃边哼着歌。

老叶笑着说:"什么歌? 这么入迷?"

"《倔强》,五月天的,爸,你也听听,特好听。"他说。

"这名字就是你的写照,又倔又强。"我没好气地说道。

叶熠阳撇撇嘴,然后一脸得意地说:"告诉你们一个好消息,我们乐队的节目通过啦,校庆的时候我们要登台表演了。"

"不错啊。"老叶一脸笑。

"今年是百年校庆,到时候有直播,说不定我们就一炮而红了。"

看他说得这么高兴,我又想起那鲜红的"56",火气冲了上来:"你就不能把这个劲头用在学习上?"

他没有理我,朝他爸吐了吐舌头:"要红了。"说完这句就再也不吭声了。他越不吭声,我气就越大:"我下午去学校了,你解释一下数学考试呗?"

"哎呀,先吃饭先吃饭。阳阳多吃点啊,这都是你妈专门给你做的,我现在都是沾你的光。"老叶又当起了和事佬。

"对了,这周末我要去小通家,他家有个大车库可以排练,周六晚上就不回来了。"

老叶说:"在人家家里住,不大好吧?"

他手一挥,一副潇洒做派:"没事,小通爸妈说了,全力支持我们。"

"哦,那行。"老叶答应了。

"谢谢爸!"他兴奋地伸出手,父子俩击了个掌。

"行什么行? 周六周日去补课。"我用力把碗一放,刚压下去的火气"噌"地又蹿了上来。

"补课?"他看向我。

我压着火不看他,生硬地说道:"补数学。自己考多少分自己不知道吗?你看看你同桌,全班第二,你呢?"

"我不去。"他瓮声瓮气地说道,"下个月就是校庆了,排练不能耽搁。"

"学习就能耽搁了?我说不能去就不能去。"我说。

"我是主唱,怎么能不去?"他有些着急地说。

"你不用去了,主唱换人了。"我突然有一点心虚,放低了声音说道。

"什么?"他猛地站起来,"你说什么?"

我想起了那鲜红的"56",平复了一下心情,说:"你们老师让崔金贤当主唱。"

"凭什么?!"他吼着,重重一拳砸向餐桌,"他算老几啊!"

"阳阳,有话好好说。"老叶拉住了他的胳膊。

"是不是你让老师换的?"他红着眼睛向我吼道。

"你怎么跟你妈说话呢?!"老叶语气严厉起来。

"妈,我十七岁了,你怎么还想着操控我,简直就是个法西斯!"他咬着牙喊道,手里扣着碗,似乎随时都要把碗摔到地上。

寒心委屈交杂着怒火喷涌而出,我站起来冲他吼道:"叶熠阳,你要是知道十七岁该干什么,我用得着这样吗?"我拿来卷子,扔到他面前。

　　老叶也站了起来,来到我俩中间:"有话好好说,吼叫能解决什么问题呢,来,都先坐下。"

　　"你眼里只有分数。"这个站起来已经比我高一个头的大男孩,狠狠地擦了一下眼睛,转身回屋关上门,没过一会儿,拿着书包,摔门而出。

　　"阳阳,阳阳!"老叶一边喊着一边跟了出去。

　　我瘫坐在椅子上,看着一桌子几乎没怎么动的菜,心里五味杂陈:

　　这清蒸鲈鱼是我找老板订购的青龙湖水库的鱼,阳阳说青龙湖水质好,那儿的鲈鱼吃起来没一点腥味,特别鲜甜,每次他能吃完一整条。番茄炖牛腩是他昨天说想吃了,今天我早早就去菜市场挑了块肉质好的,有个老太太也相中了这块,好在我手速快,还被老太太好一顿说。还有辣炒腰花,我不吃辣也不吃腰花,阳阳和他爸喜欢,这道菜今天炒得挺成功,闻起来特别香……

　　我怎么法西斯了?

　　我觉得我就像这盘腰花,等着变冷变硬。

　　老叶回来的时候,我还是坐在餐桌前,一动没动。

　　"阳阳去小通家了,你别担心。"

　　我没有理他,还是盯着那盘腰花。他看看我说:"菜凉了,我去热一下吧。"他伸手准备端菜,叹了口气,说,"不是我说你,你确实不该让老师把阳阳换掉。"

我的眼泪一下就涌了出来，朝他吼道："叶秉谦，儿子气我，你也要收拾我吗？"

他皱着眉头说："咋叫收拾呢？我不是在跟你探讨吗？"

"是不是在你们眼里，我就是个大恶人？"我越哭越厉害。

他忙过来搂住我说："没有没有，怎么会呢？"

我一把推开他："怎么不会，我说是老师换的。你们信吗？"

"老师换的啊？"

看到他的惊讶，我更加生气，把碗一骨碌全推到了一起："叶秉谦，你儿子不理解就算了，你也瞎吗？十七年了，我是一个独裁霸道的妈妈吗？"

"哎呀，老婆大人，消消气消消气，我错了，我们错了。"他堆着笑，拉着我坐下，"我们是小人之心，老婆大人海涵。"

我忍不住踢了他一脚："叶秉谦，你以为我没努力吗？我也想让儿子唱完歌再说，刚跟老师说了让阳阳唱到校庆，老师就搬出了一大堆道理来。还跟我说这学期末要分快慢班了，他现在这个成绩肯定是进不了快班了。你说我还能说什么啊？"

他挠了挠头："可看阳阳刚才的反应，不让他接着唱，估计影响更大。"

我叹了口气，说："哎，反正都是我的错。我明天下午再去一趟学校。"

说着，我拿起筷子也学着样子敲了几下："谁还没个十七岁啊，谁还没个梦想啊，我还法西斯了，等他唱上了就知道他妈妈对他多好了。"

老叶笑着搂着我说:"阳阳妈深明大义,小人佩服。"

我嫌弃地打了他一下,接着说:"有前提啊,只到校庆。校庆过后还是要把重心放在学习上,周六周日的补课还得去。"

"我替阳阳应下了,"老叶笑嘻嘻地凑过来说,"咱们吃饭吧,一天没吃,饿死了。"

"为啥没吃饭?"

"做手术没来得及,明天还有两台,等会儿我要多吃点。"他笑着说。

2

第二天下午一点多,我正在心里盘算着怎么去跟老师说时,班主任来了电话:"熠阳妈妈,你赶快来省人民医院!"

我心里怦怦跳,觉得一切都不对劲,浑浑噩噩上了车,一直想不起来我是怎么到的医院,只知道当我看到那站起来比我高一个头的儿子,那昨天晚上还在跟我怄气的儿子,静静地躺在雪白的病床上,头上缠着绷带,脸上戴着面罩,身上接满了仪器时,我崩溃了。我张嘴叫他,可怎么都发不出声。我只能去摸他的脸、他的手,希望他能知道,妈妈来了。可他眼睛闭得紧紧的,毫无回应。

我不停地抚摸他,贴着他的脸颊,我的声音不受控制了,眼泪也不听使唤了,大颗大颗地往下掉,把阳阳的脸都弄湿了。

"熠阳妈妈,对不起。"夏老师哭着跟我说,"午休的时候,熠阳去学校礼堂帮忙,有个同学搭着梯子挂横幅,梯子没放稳,倒了。熠阳想去扶住,结果被砸倒,从舞台上摔了下来,刚好后脑勺磕在了台下花盆沿上……"

我觉得夏老师好吵,我不想听她哭着絮叨,我只想我的阳阳快点睁开眼看看我。我推开夏老师,自己却差点摔倒,旁边的一个医生扶住我,说:"叶主任下手术了,马上就来了,您节哀。"

老叶要来了,我要去找他。我踉踉跄跄地往外走,腿却怎么也不听使唤了。我看到老叶还穿着绿色的手术服往这边跑来,我想迎上去,却扑通一下跪倒在地上。老叶跑过来抓住我,他和旁边的医生都想把我扶起来,可我的腿像是被灌了铅拼命往下坠,不但自己没有站起来,还把老叶给带倒了。

"阳……阳,秉谦,快……救他,救救……"

他跪在地上扶住我,颤抖着问旁边的医生:"怎么了?"

一旁的李医生也蹲在地上扶着我,轻声说道:"后脑勺受到重创,伤到了大的静脉窦,颅内大出血,后颅窝血肿,脑干受损……"李医生的声音也抖得厉害,他顿了顿,接着说,"脑电图……无电活动,自主呼吸……停止。"

老叶一下瘫坐在地上,我抓着他的衣服,说:"什么意思?"

老叶摇了摇头。

我疯了，喊着："老叶，快，快，救救阳阳……救救我们的儿子，快啊，我求你了，这是你的儿子啊，你救了那么多人，怎么不救救你儿子呢！"老叶木木地，只是坐在那儿淌眼泪。

我转过身来抓住李医生："小李，求求你，救救我的孩子吧。"眼泪呛得我喘不过气来。李医生拍着我的背，摇摇头。

我只得又抓住老叶："你看那个心电图，一直在动，你去看啊，阳阳还有心跳呢。我求……你了……求……求……"我眼前一黑，往后倒去。

等我再睁开眼睛时，已经躺在病床上，老叶坐在床边握着我的手，他已经换掉了手术服。"美岐。"他唤着我的名字，声音有些嘶哑。

我看着他，他的鬓角已经白了，眼睛红肿，眼皮不听话地耷拉着，看起来像一下子老了二十岁。

"阳阳伤到了头，脑干受损，"他吸了一口气，接着哽咽道，"已经是脑死亡了。"

"可他还有心跳。"我的眼泪又出来了。

"都是依靠仪器维护，如果撤掉呼吸机，很快就都停止了。"他垂着头，像是这几句话抽干了他的力气。

"什么意思？"我说。

"他已经死了。"

"可是他还有呼吸……"

老叶摇摇头,我看见他的头发越来越白了。

我疼得捂住胸口,老叶握着我的手,有些犹豫地说道:"美岐,阳阳以前说过他希望能把器官捐献出去。"

"他是开玩笑的。"我的心更疼了,疼得我忍不住蜷缩起来,"他是你的儿子啊,你怎么忍心一样一样割下来。他多疼啊。"

他的手颤抖着,好大一会儿,才轻声说道:"这是我能满足儿子的最后一个愿望了。"

我想起一天晚上,陪他看了一部科幻片后,他问我:"你说爸爸天天给人做手术,如果有一天我病了怎么办?"

"爸爸也会救你。"我说。

"如果我的器官衰竭了,爸爸会把他的心脏给我吗?"他笑着问。

"傻孩子,会有专门的器官移植部门和单位的。"

"它们都来自活人吗?"

"是啊。"

他愣了半天,说:"如果有一天我死了,我也要把我的器官捐献给那些需要的人,当然最先捐献给你们。"

"快'呸呸呸呸'!"我说。

想到这里,我更心疼了。老叶还是拿来了《人体器官捐献登记表》,心脏、肝脏、肾脏、肺脏他都打上了对钩,我看到眼角膜时,握住了他的手:"能留下他的眼睛吗? 这是我的孩子啊!"

他握住我的手,眼泪也流了下来,我无力地倒向床上:"拿去吧,都拿去吧。"

没过一会儿,院长来了,老叶把表交给院长。

院长接过表,拍了拍他的肩膀,说:"你好好休息几天,陪陪美岐。"

老叶看着院长,认真地说:"还是我来吧。"

院长看起来有些迟疑:"可老叶啊,你现在……"

老叶打断了院长,一脸化不开的悲痛:"院长,还有谁能比我更珍惜它们?"

院长愣住了,他拍拍老叶的肩膀,用力点点头,转身走了。

老叶这是又要去做手术了吗?我的心都碎得拼不起来了,我看向门外,雪白的墙上,贴着八个红艳艳的大字:器官捐献,生命永续。

3

我问老师,午休的时候阳阳为什么会去礼堂?

老师说,以前午休的时候阳阳都是和乐队在音乐教室排练,那天因为被换掉了主唱,他没什么事干,又心情不好,所以去了礼堂帮忙。

我的心一抽。

　　如果那天我跟老师再争取一下，如果那天我很坚定地站在孩子这边，如果他还是主唱，午休的时候他就不会去礼堂，也不会出意外了。

　　没有如果，我就是凶手，是我害死了我的孩子，死的那个人应该是我。

　　忽然，我听到有人在喊"妈妈"，是阳阳，是阳阳在喊我。我激动地循着声音就往外跑，结果一脚踏空，滚了下去，当头撞击在硬硬的地板上时，我想，阳阳当时是不是也是这样跌倒的？

　　"阿姨，美岐阿姨！"有人喊我，可我不在乎，我的头很疼，但我有点开心，阳阳当时是不是也是这么疼呢？想到这儿，我睡了过去。

　　我睁开眼时，已在医院，头很疼，被紧紧地缠了纱布；腿也疼，右腿被打了粗粗的石膏。老叶还是坐在床边，握着我的手。他旁边还站着一个人，我激动得猛地坐起来："阳阳，阳阳。"

　　"美岐！""阿姨！"老叶和那人忙凑过来查看，我盯着那人的脸细细看去，原来是小通。

　　"我听见阳阳喊我了。"我拉着老叶的手急切地说。

　　老叶握着我的手，轻声说道："美岐，那是楼下的小孩在找妈妈。"

　　我听了，甩开他的手，开始挠自己的脸。老叶和小通连忙按住我的手，老叶痛心地说："美岐，你这是干什么啊？"

我看着他，认真地说："老叶，是我害死了阳阳。你让我死吧，把我也捐出去吧。"

老叶低着头压着我的手。

小通拿过来一个猫头鹰形状的小音箱："阿姨，这是阳阳的，他之前给您写过一首歌，您听听吧。"

我接过小音箱，这是两个月前我买给阳阳的，当时买的时候我还不情愿，但他很兴奋，说给我写了一首歌，录好了用这个音箱放给我听。

我当时说了什么呢？

我拼命地想，想起来了，我说："你用这工夫多做几套卷子，我会更高兴。"

我一直觉得自己算得上是90分的妈妈，可如今回头看看，我就是个凶手。

阳阳一定觉得我这个妈妈糟糕透了。他跟我说的最后一句话，也是恨恨地说我是个法西斯，说我眼里只有分数。

我不敢打开音箱，那音箱里的旋律，是杀死我的武器。

4

医院给老叶放了长假。跟他结婚二十多年，他休假从来没有超过三天，我们也从来没有朝夕相处这么久。他虽然休了假，我们仍在医院。我开始疯狂地掉头发，吃东西就吐，整夜整夜地不睡觉，身上多处淋巴结肿大，已经成了医院的重症病号。

虽然医院组织了好几次会诊，但我的情况一直在恶化，淋巴结越来越肿大。医生说，这是过度悲伤引发的神经性厌食和免疫系统紊乱。

老叶知道，我心绪不打开，什么药都不起效。他开始想方设法哄我开心，每天给我买花，给我做饭，拿惯手术刀的手也开始拿起菜刀学做菜，到处搜罗笑话和搞笑的视频，化身喜剧演员。

每天他都是乐呵呵的，不停地跟我说这说那，即使我目光呆滞，没有反应，他仍旧兴致勃勃。直到有一天，我又吐得天昏地暗，从轮椅上一头栽下，他抱着我坐在地上失声痛哭："美岐，我们要坚强，我不能再失去你了。"

我想抱抱他安慰他，可手臂一点抬起来的力气都没有。

不知道过了多久，李医生来了，带着一个穿着病号服的年轻人来到我们病房，那个年轻人走过来朝我们鞠了一躬："叶医生，阿姨，谢谢你们。"

老叶定定地看着他，问道："你是李云辉？"

"是的，叶医生，您还记得我。"李云辉咧嘴笑了起来，像阳阳一样，露出白白的牙。

老叶点着头，微笑着说："你现在恢复得怎么样？"

"非常好。"李云辉拍拍胸膛说道。

李医生接着说："目前没有发现排异反应。"

"那就好。"老叶上前拍了拍李云辉的肩膀，"好好珍重。"

"我会的，您放心。"李云辉握住老叶的手，"叶医生，我想跟您聊聊。"

老叶看向我，李医生识趣地说："我来给师母检查一下。"

老叶和李云辉出去了，我对李医生说："我还有什么可检查的呢，我没剩多少日子了。"

李医生把凳子挪得更近一些，红着眼眶说："师母，您任由悲伤折磨您自己，您有没有想过叶老师呢？他承受的痛苦也很大啊。"

我靠在床头，没有说话。

"师母，我们做医生的见惯了生命无常，那些逝去的人很重要，但活着的人更重要啊。"

"我若是活得舒坦，便觉得对不起阳阳。是我害死他的。我只有让痛苦折磨着我，才会有那么一点心安。"我扯着气力说，生怕这口气松下就再也续不上了。

李医生握住了我的手，定定地看着我："师母，这都是你自己想的，不是阳阳的想法。你不能把你的想法强加给阳阳。"

我怔住了，是啊，他有自己的想法，生的时候我不能给他，死了之后我更应该尊重。

5

随后的日子,那个叫李云辉的二十三岁年轻人经常来,我也不知道为什么,但每次他总有很多话题,聊得海阔天空,我虽然话不多,但总能挤出一丝微笑。

一天,他带了一把吉他,说要给我唱歌。我看见他细长的手指拨动琴弦,随着音符的跳动,他开始轻唱:"当,我和世界不一样,那就让我不一样,坚持对我来说就是以刚克刚……"

这是首什么歌,好耳熟。

他坐在窗边,傍晚的夕阳正好洒在他身上,给他周身镀上了一层柔柔的金光,他抬头冲我咧嘴一笑,露出白白的牙,那分明是阳阳的脸。这么久了,我头一次想到阳阳却没有那种心碎的疼痛,涌起的反而是一股暖流。

"阿姨,"李云辉喊着我,我回过神看着他,"怎么样,好听吗?"

"好听。"我弯起嘴角笑了一下。

"阿姨懂得欣赏。"年轻人捏着腔调接着说,"我可是乐队主唱哦。"

"乐队主唱?"这四个字又直击我的心房。

"是啊。我的乐队叫'左心房乐队'。"他说。

"为什么取这个名字?"我问。

"因为我左心房发育不完全。"他笑着说。

这么沉重的事情,他却说得轻松随意,我不由得怔了一下:"那你现在?"

"您不记得啦? 我们第一次见面时我就说了,您可能没注意听,叶医生神医妙手,把我治好了。"说着还做了个金刚捶胸的动作,然后猛地咳嗽了两下。

我不禁也跟着笑了起来。虽然不知道具体是怎么回事,只知道是老叶又治病救人了。

晚饭时,我吃了大半碗饭、一个蒸蛋,还喝了一点鸡汤,没有吐出来。老叶开心地搓着手,在病房里转来转去。

院长来了,也是一脸高兴:"老叶,我去了一趟河南,把人找到了。这事啊,成了。"

"真的,太好了,太感谢您了。"老叶激动地说。

院长拍着老叶的肩膀说:"谢我干什么,都是李云辉那孩子,还是年轻人啊,点子多。"

院长走后,我问老叶:"李云辉怎么了?"

老叶顿了一下,说:"过两天你就知道了。"

当天夜里,我拿出猫头鹰音箱,摩挲了一会儿,又放回抽屉。

第二天,老叶说楼下红梅开了,推我出去看看。冬日里,周围树上的叶子都落光了,只剩树干枝杈在寒风中瑟瑟发抖。只有这几株红梅，开得热烈。一阵风吹来，花瓣纷纷飘落，老叶伸手接住好几片，递给我："你不是喜欢花吗？"

我抬手把他手中的花瓣抚掉："算了，到最后不都是归于尘土。"

"但至少盛开过，对吗？"李云辉笑着走过来。

"云辉，觉悟高了啊。"老叶说。

李云辉挠挠头，笑着说："好歹是生死边缘走过的。"

我还记着昨天老叶说的乐队的事，便问道："云辉，你又要组个乐队吗？"

"是啊。"

"你不是有个左心房乐队吗？"

"解散了。"

"为什么？"

他笑了笑说："我从小就喜欢音乐，我说要读音乐学院，分数不够，家里就花钱让我读。结果读了两年觉得没意思，跟三个同学也弄了个乐队，便退了学出去闯荡，我爸妈也没说过我一句。"

"你父母很尊重你。"我开始使劲捏搓自己的手。

老叶握住我的手："是怕他。"

李云辉耸了耸肩说："是，怕我。我出生的时候，心脏太脆弱了，他们怕我受刺激，怕我会死掉。所以，即便心中有不满，也不跟我说。他们以为隐藏得很好，但从我懂事起，我就知道了，我就屡屡仗着这点,肆意妄为。"

他深深呼出一口气,接着说:"左心房乐队的歌都是颓唐悲观消极的,我总会问,为什么是我?"

他停了停,伸手接了一片红梅花瓣,再轻轻吹散:"现在不一样了,我获得了新生,每天晚上我再也不用怕见不到明天的太阳,每天晚上我都能自信满满地对着镜子说'再见'。所以我希望能重新用音乐来纪念帮助过我的人,来抚慰爱我的人和我爱的人,所以,我要重新组建一支乐队,关于感恩,关于铭记。阿姨,今天我给您唱一首。"

"我都要忍不住给你鼓掌了。"老叶说,"那你乐队其他人呢?"

"一会儿院长就带来了,走,咱们先去后面的活动室等着。"

"还有活动室呢?"听着这个年轻人的慷慨陈词,我不禁想知道他到底想和什么样的人一起组建乐队。

没过一会儿,我看到院长领过来的五个人,我看了看老叶,又看看李云辉,李云辉示意大家安静并有秩序地组织着:"大家好,咱们先自我介绍、相互认识一下。我叫李云辉,今年23岁,肄业大学生。"

"那接下来俺说吧,俺看着最老。"一位满面尘土、抱着一个大盒子的大叔开口说道,"俺叫杨德福,今年54岁。俺就是个打工的,以前就在矿上。"

"我叫魏国,今年42岁。"一个声音洪亮、站得笔直的男子说道,"我之前是名民警。"

"哎呀,是警察叔叔啊,我见到真的啦!"一个小男孩说,"你怎么没有枪啊,跟书上画的也不一样。"

魏国蹲下来摸着他的头说:"我只有工作的时候才穿警服,才配枪,现在不是工作的时候。弟弟,你叫什么名字啊?"

小孩欢快地说:"我叫林新彻,今年6岁啦。"

"在读小学吗?"魏国问道。

"我没上过学,我以前眼睛看不见,不过我马上就能去上学了。"

空气一下子安静下来,我也愣住了,我感觉这一切好像离自己很近。

"我叫唐鑫然,是商贸公司职员。"一个男人局促地摸了摸头。

"我叫肖明明,18岁了,读高二。"女孩扎着辫子,腼腆地低着头。

"高二……"又像一根刺一样扎进我心里。

"好了,大家都认识了。咱们就直接进入主题。大家已经知道了吧,咱们要组建一支乐队。"李云辉开始介绍道,"乐队呢,我简单说一下,大概需要吉他、贝斯、架子鼓、键盘也就是电子琴,这几样乐器,请问大家有熟悉的吗?"

不意外地一片沉默。

李云辉没有气馁:"没关系。那大家会不会其他的乐器呢?"

安静了一会儿,杨德福慢慢举手说:"俺会一样。"

李云辉顿时眼睛发亮："您会什么？"

大叔放下他抱着的大盒子，小心翼翼地取出来一件乐器，我问："这是，喇叭？"

"唢呐！"说完大叔就演奏了一段激昂飞越的旋律，活动室外引来不少人围观。我们还沉浸在旋律中，大叔说："俺祖上是清朝开始就很有名望的'麻金班'，俺老家现在流传着'大花轿、麻金吹，麻金不吹不结婚'的说法。唢呐是俺祖上传下来的，俺知道这支乐队的目的，虽然俺是个粗人，没有文化，但俺要用俺祖祖辈辈的方式，表达俺的心意。"

没有人说话，老叶抹起了眼泪。

我感觉他离我好近，越来越近。

李云辉带着头使劲鼓着掌："好！咱们一定要把这老祖宗的方式继承下去！"

"好！"其他人也应和着。

"我不怕千万人阻挡，只怕自己投降，我和我最后的倔强，握紧双手绝对不放，"李云辉像革命者一样号召着，"我们的乐队绝不会投降。"

我看着群情激昂的老老少少，心想着，真是一群倔强的人啊。

"那你们准备唱什么？"我问。

"我们一个月后再给您唱。"李云辉说。

哦，合着今天不唱啊，搞得我这么激动。

6

我回到病房，拿出猫头鹰音箱，对老叶说："要是阳阳还在，不知道会不会去这个乐队呢。"

老叶沉默了一会儿，语气坚定地说："会的。"

接下来半个月没再见到李云辉，我想他的那些乐队成员足够他忙活的了。我的胃口还是时好时坏，要是哪一顿吃了没吐，老叶就松一大口气，但总的来说，感觉越来越好。

过了几天，我又开始发烧，问老叶："我估计没几天了吧？"

正说着，我看见李云辉走了进来，他接着说："阿姨，您可别瞎说。今天晚上，我带您去看看我的乐队。"

我们坐上了车，车开出了医院。

"这是去哪儿啊？"我头晕得厉害。我靠在老叶的肩上，他轻轻地帮我按着太阳穴："你闭上眼，休息会儿，到了我叫你。"

不知过了多久，我下了车，走进一个礼堂，礼堂里只有我们，我又睡了过去。这时老叶轻轻地唤着我："美岐，美岐，演出要开始啦。"

我缓缓睁开眼，头还是很晕，直到大幕拉开，我才豁然开朗。

这是阳阳学校的礼堂，礼堂上方拉着一条硕大的横幅——

熠阳乐队,台上站着六个人,他们都穿着阳阳学校的校服。

"我叫李云辉,我最害怕的词是'明天',因为我的心脏随时都可能宕机,不知道明天和死神哪个先来。是叶熠阳让我再也不用害怕,谢谢!"

"我叫魏国,我有个外号叫'钢人'。是有一年出任务时被车压到了左脚,五个脚指头全没了,但我哼都没哼过一声,从那以后大家都叫我'钢人'。可肝癌的疼我扛不住,我疼得大哭过,还上过楼顶,想着跳下去就解脱了。是叶熠阳拯救了我,谢谢!"

"俺叫杨德福,十几岁开始就在矿上打工,落下了一身病,尤其是这个肺啊,坏掉了,每喘一口气就像有镰刀在一下一下地割着肺管子,活着的每一分钟都是折磨。俺从没想过这辈子还能这么痛快地呼吸,谢谢叶熠阳,谢谢!"

"我叫唐鑫然,我妈是尿毒症去世的,所以当我也确诊时,我一点都不惊讶,我想这就是命吧。从那一刻起,梦想、奋斗统统不重要了,我每天浑浑噩噩地躺在家里。是叶熠阳给了我新的希望,让我能继续我的梦想,谢谢!"

"我叫肖明明,我曾经最大的愿望就是可以随心所欲地喝水。是的,这么平常的事对我来说都是一种奢望。我每天都活得小心翼翼,甚至连话都不敢多说,怕口渴了想喝水。是叶熠阳帮我实现了愿望,让我可以自由自在地活着,谢谢!"

"我叫林新彻,我一直以为世界就是黑色的,是阳阳哥哥的眼睛让我看到了这个世界原来这么美丽,有这么多颜色,我也终于能看见妈妈了。谢谢阳阳哥哥!"

"我们都是叶熠阳。妈妈,生日快乐。"

杨德福的唢呐、李云辉和唐鑫然的吉他、肖明明的贝斯、魏国的架子鼓,林新彻站在凳子上按着电子琴,舞台中央放着一张高脚凳,上面放着那只猫头鹰音箱。

一声嘹亮的唢呐开场,音乐流淌,猫头鹰音箱也被开启,那个刻在我心里的声音唱起了那首我一直想听,却一直不敢听的歌:

> 妈妈,你总说我还不懂事,什么时候都让人放心不下;
> 妈妈,你总说我稀里糊涂,在你眼中永远都长不大;
> 妈妈,你总说叛逆期到了,开始和你疏远啦;
> 可是妈妈啊,
> 虽然我学会了隐藏心事,
> 虽然我开始任性地排斥你爱我的方式,
> 虽然我总是说以后要到远方的城市,
> 但是妈妈啊,
> 不管我离家几里,我最想念的人是你;
> 不管我去往哪里,我都会回来看你。
> 妈妈,
> 我很难过,看你又多了几根白发;

妈妈，

你多爱自己吧，

我喜欢看你笑颜如花；

妈妈，

我已经长大，

你不要再那么紧张啦。

以后，让我带你去看春风十里；

以后，让我牵着你走在岁月的光辉里。

妈妈，容我再对你说一句：

我爱你！

　　李云辉拿着猫头鹰音箱，跟着阳阳一起合唱，一首歌唱完，他走到我面前，把音箱放在我手中："妈妈，这才是阳阳一直想对您说的。他爱您。生命的逝去不是终点，被遗忘才是。我们在，阳阳就一直都在。

　　我抱着猫头鹰音箱。礼堂外面，下起了小雨。

故事背面

问：你的身份是什么？

答：编辑。

问：为什么要写作？

答：因为喜欢。我一直认为写作是一件非常奇妙的事情。原本硬邦邦的文字通过组合，变得有感情有温度，充满了各种力量。但我是一个极为普通的人，没有出色的履历，也没有丰富的经历，性格又内向，所以常常也很自卑，想着自己也写不出出彩的文章。直到有一天我又重温了《海上钢琴师》，一九〇〇对麦克斯说起新奥尔良的浓雾，"就像一片乳白色的白沙，切断了一切，房子没有屋顶，大树没有树冠，圣路易斯教堂没有了塔尖，街上的行人没有了头……"麦克斯听完惊呼道："你一定去过那里。"可一九〇〇没有上过一次海岸，却对岸上的生活洞若观火，他不光神游过奥尔良，还去过其他很多的地方。他也鲜少与人交往,但他洞察人生的百态,写出了前所未有的音乐。然后,我突然就释然了。没有丰富的经历又如何呢,通过书籍可以看到多种多样的世界;性格内向又如何呢,我爱幻想,很多伟大的故事不都是想象力的杰作吗? 更为重要的是,通过写作创造另一个世界,相当于经历不一样的人生,一下子就拓宽了人生的宽度,是一件多么精彩的事情。

问:你最希望谁看到这个故事?

答:我的妈妈。因为她是一个非常悲观的人。我希望这个有爱的故事可以帮助她放下心里的负累,希望她能多看看身边爱她的人,乐观一点,豁达一点,开心一点。

问:这个故事有真实事件原型吗?

答:2017 年 4 月 27 日,一个热爱篮球的 16 岁少年因突发脑出血去世,他的五部分器官捐献给了七位急需器官移植的病人。后来,在中国人体器官捐献管理中心和中国篮球协会的支持下,其中五位受捐者组成了一支篮球队,拍了一部公益广告片,号召大家参与器官捐献。

问:用一句话描述文章的核心。

答:生命是有限的,生命又可以是无限的。人性的善,人性的爱,将死门与生门连接起来,有限的生命便能开始无限的接力。

问:文中提到五月天,你很喜欢他们吗?

答:喜欢。我在故事里引用了五月天的《倔强》,这首歌对我自己影响很大。我第一次听这首歌是刚读大学时,因为高考志愿填报失误,我只能去一所不理想的学校,父母又不同意复读重考。刚开始在学校的时候,我比较消极。那时候学校广播站的负责人应该是五月天的超级粉丝,每天中午放的都是这首歌,每天吃饭的时候都能听到,听着听着就很受鼓舞。后来知道这首歌的专辑名字叫《神的孩子都在跳舞》,这个名字又很打动我,听着《倔强》,告诉自己大学不好也没有什么,可以努力考研考入更好的学校。虽然最后也没有考研,但至少大学没有虚度。人终归还是应该有倔强的勇气。就像阿信给人的感觉一样,温柔,但又不失对抗和倔强的力量。

问:如何看待父母和孩子的关系?

答:父母和孩子应该是平等的,孩子不应是父母的附庸。可很多时候,父母很容易以过来人的身份以及过来人的经验,将自己认为的"好"强加到孩子身上,期望孩子成为自己希望中的样子。孩子可以不理解父母,毕竟他们还没有成为父母;但父母不应该不理解孩子,毕竟每个父母都曾经是孩子。这也是故事中的妈妈后来同意儿子继续参加乐队的原因。

问:文中的主人公,你觉得她如今过着怎样的生活?

答:故事里的妈妈应该走出了悲伤,带着亲人的爱和其他人的爱,带着她对儿子的爱继续前行。我觉得她会成为一名心理援助志愿者,参与对失独家庭的心理援助活动。当然,故事已经写完了,我的任务完成了,大家觉得会是什么结果呢?

后来，我告诉自己，
只要听到音乐，他就在我身边。

军功章的另一半

王改芳
飞驰成长签约作者
高级瑜伽教练

我听到音乐的时候，就能想起他。听到军歌，就能想起那身军装。

人们都说："军功章里有你的一半。"

而我作为一名军嫂，却一直不知道，自己的另一半在哪里。

1. 秘密交易

我的故事很长，长到足以遗忘，可是动笔时，还是觉得每个细节都历历在目。

十五年前，我和谭珂是高中同学，身边的人都说我们是青梅竹马，老师说我们肯定是早恋，那些八卦的人还经常追问"甜蜜细节"。其实，那时我们什么也不是，除了学习和奔向远方，脑子里什么也不剩，可是，任凭解释多少次，没人信。

我们上的是市重点高中，学校很看重分数，从高一开始就按成绩分座位，因为我俩中考成绩都是525分，在老家那个教育大省，不高也不低。于是，就成了前后桌。

谭珂特别爱说话，永远像麻雀一样叽叽喳喳，还特别爱笑，笑起来眼睛眯成一条线,刚分好座位就左问一句、右问一句,很快和大家都熟络了,还主动找我聊起了自己的"过往"。

"平时我成绩都是接近满分的,中考为了掩护同学抄答案,最后一页的题目没做就交了卷,差点就上不了高中,把我们班主任吓得够呛……哈哈哈!"

好笑吗？我心想。

我和他不一样,没有那么多波澜曲折和复杂的故事,我完全是靠自己的勤奋和努力。那一年,我成为全镇几年来唯一考上高中的人。

我爸爸是军人,从小对我要求很严,教我要谦虚谨慎,要努力奋进,所以我根本不会像谭珂那样,到处宣讲这些事情。

我们学校的竞争很激烈,因为知道上大学的名额有限,竞争从高一就开始了,那会儿我们没有课外补习,全靠刷题提分,"多刷多练"就是班主任的至理名言。

"不好意思,帮我捡一下好吗?"郝多一脸坏笑。

郝多是坐在我后方的邻桌,胡子拉碴,身上总有异味,还是个没日没夜的刷题"狂魔"。后来才知道,这样的人往往都能考高分。

他上大学的哥哥给他买了"五三"系、"黄冈"系的试卷,还有各式各样的参考书和试卷,以至于我每次看到他再闻到他身上的味道时,都会觉得他像是发了霉的厕纸一般。他从来都躲在那堆卷子中,像有一座山背在身上,他的"小山"在我们眼里就是"尚方宝剑"，但郝多那个小气鬼却从不舍得借给我们，除了张洛。

张洛是我的同桌，大眼睛小圆脸，和谭珂一样爱说爱笑，是我们班所有男生心中的班花。我不爱说话，但喜欢听人说，所以我和张洛很快就成了好朋友。

高中时的我有些胖，但学习很专注，郝多做题累了喜欢往前踢桌子，这一脚就把我贴在了桌子上，我被夹成了"肉饼"，"小山"也跟着倒了一地。一开始我很生气，后来发现这是个拿走他的卷子的好机会，于是，我一边说着"没关系"，一边故意"忍气吞声"地帮忙捡书。谭珂见状也趁机捡了几本，塞进自己的书包回家提前看，这样，谭珂就可以把经典题学会后，再偷偷教给我。这是我们的秘密交易，没人知道。我们的秘密交易持续到高一结束，我们四个人的成绩也一直包揽班级前四名。他们说我们是F4，说我们这一坨风水好，但只有我和谭珂知道这背后的秘密。

很快高二文理分班，我们四个被打散到四个班，除了张洛学文科，我们三个都学理科。

刚分班时，我们课间还会"串门"探讨数理化难题。

有时，我也会去找张洛，发现她节食越来越卖力，经常靠睡觉保持体力，成绩也一直下滑，任凭怎么劝都没用。

后来学习越来越紧张，刷题也越来越频繁，大家连中午的休息时间也不放过，我们见面就少了。

有一天中午我刚到教室,发现桌子上有一只又大又红的富士苹果。正纳闷呢,门口传来一个声音:"我家的苹果,之前答应过给你尝尝的。"

原来是谭珂,他还是嬉皮笑脸的。

结果,引来了班上同学的一阵逗趣:"怎么不给我呀,我也想尝尝。"

虽然,他还是喜欢在我们班级门口"嬉皮笑脸",但我们的来往却越来越少,都忙着各奔前程,无所谓是否会有交集。

我有些忘记那时的细节了,在时间的长轴中,如雾般的年纪,懵懂、纯粹、欢乐中充斥着爆棚的荷尔蒙。只记得,很快高考结束了,谭珂如愿考上了军校,成了老师口中最有志向的人,也成了全校的骄傲。我和郝多也幸运地成为学校里考上大学的少部分人。

只有张洛,因为成绩不理想而选择了复读。她的故事告诉我们,高考前还是不要减肥为好,因为你的一生,还会有大把的时间去减肥。

2. 同病相怜

大一下学期,我喜欢上一个男生,大胆地跟他表白,然后被拒了,他说他喜欢瘦一点的女孩子。那天,我在宿舍看《快乐大本营》,想寻找点快乐,突然接到了谭珂的电话。

上大学后,我们一直在不同的城市,也没怎么联系。也就是寒假回高中聚会时互相留了电话,再也没见过面。这通电话难道是要找我借钱吗?

我接了电话,没多久,谭珂支吾半天说:"其实,我一直很喜欢张洛,但她不愿意报考上海的学校,我该怎么办呢?"

"哦? 原来你喜欢张洛?"

"不仅是我,那谁也喜欢。"

我汗颜,原来只有我不知道,我还想把我们四个都组织起来聚聚呢,真尴尬。

我一直没说话,他一直在那边讲着自己的事情。但不知道为什么,听他说话,我受伤的心被治愈了。他一直在说,我只是在电话这头笑,不知不觉,聊了一个多小时。后来我们约定要常联系。

一到周末,我就能收到谭珂发来的短信。

"我们训练很辛苦,但我觉得这是一种磨炼……"

"教导员上课特别严格,但我们睡倒了一大片……"

再后来,要是周末没有他的信息,我会觉得有些空虚。

"咱们复读的同学模拟考怎么样了? 你有联系吗? ……"

"我们有次没戴帽子,被纠察逮个正着……"

他说话就像开闸的水坝,一天就是一百多条短信。

起初我还觉得新鲜,后来有点后悔当初的约定,我猜他是喜欢上我了,或者是因为寂寞,觉得应该找女朋友了。可是,我不喜欢他。

我该怎么拒绝呢?

弖. 车站离别

　　大一暑假很快结束了,大学就这样过去了一年。我们要迎接新的学年了。谭珂和我过了一个普通的假期,时间过得很快,但他还是每周末都给我打电话。在假期的尾巴,谭珂打电话让我去车站送他。

　　车站距我家两三公里,不远也不近。

　　我想,机会终于来了,我要跟他说再见。

　　眼看就到车站了,天上乌云重重地压下来,眨眼的工夫,雨落了下来,毫不留情地把我浇成了落汤鸡。后来不知道我们在哪见面的,就记得当时很尴尬。谭珂过意不去,坚决要送我回家。

　　谭珂退了票,陪着我打车,那天,路上没有一辆出租车,我们俩挤着一把伞,蹚过没过膝盖的水坑,跟跄着走回了家。一路上,我都在想,应该怎么跟他说呢? 还是先回到家再说吧。一到家,我爸听说是在读军校的高中同学,热情地和他谈起自己在部队的往事。

　　后来,我爸还拿出尘封多年的军功章,记得上一次我看到还是很小的时候……

　　那一刻,他们完全不像是第一次见面的陌生人,而更像是多年未见的战友。这是什么样的身份和感情啊,能穿越代际的隔阁。说着说着,两人还喝上了,直到天黑,谭珂才从我家离开。

　　我去送他,想了好半天该如何开口,谁知谭珂先开了口:"我有句话不知道当讲不当讲。"

　　"你说。"我欣喜若狂。

　　谭珂说:"我能抱抱你吗?"

　　抱抱?礼节?表白?还是分开前最后一次仪式感?我有些不解,可是却脱口而出:"好呀!"

　　我想,我总不能失了礼节。

　　后来我感觉浑身像被捆绑了一样,喘不过气来,心快跳到嗓子眼,手和脚也完全动弹不了。那是我第一次和男生拥抱,手足无措,我想挣脱开,但不敢太快又不敢太慢。

　　肯定是谭珂在军校训练得臂膀力气太大了,要不然我的心跳怎么会那么快。

　　"祝你一路顺风。"我说完就挣开了他。

　　"谢谢你,下次再见。"他笑着头也不回地跑进了火车站。

　　该死,我还是没说出来。他已经坚持给我打电话快半年了,下次见他还不知什么时候。我正在纠结的时候,收到了谭珂的表白短信:"我喜欢你。"

　　八月的雨后,泥土芬芳,那种散发出来的微甜和清香,一直飘到了遥远的地方。

4. 心中的光

我还是每周能接到他的电话,却在一个周末"失恋"了。可恶,谭珂怎么了,这周都没有给我打电话。眼看着周末快要过完,我突然接到一个座机电话,那头是谭珂的好朋友赵健。

电话那边的人语气很焦急,说谭珂为了运动会长跑争第一昏过去了,虽然人醒了,但腿上检查出神经鞘瘤,要做手术,但又不想惊动父母。不知道为什么,我惊了,虽然不知道是什么病,但我突然害怕没有他的日子。

鬼使神差,我竟然买了一张票,坐了一夜火车,到了北京。大城市的繁华果然不一般,但我无暇顾及,只是想赶紧见到他。我打了辆车,到了那所军校,大门口几个哨兵扛着枪站岗,"哨兵神圣,不可侵犯"的标语非常醒目。那神圣感,让我更加感到手足无措。

赵健接我一起上了二楼的小屋,只见谭珂挂着拐杖笑嘻嘻地起立迎接,他还是那么灵活,像没事儿人似的。

"哟,女朋友来了,腿也不瘸了呀!"一群人起哄。

"知道我女朋友来了,还不快出去!"谭珂对他们说,掩盖不住满脸的喜悦。

"你小子,抢了我的第一名,还过河拆桥呀。"一个人说着挤了挤眼睛,带上门出去了。

我本想挽着谭珂坐下,不料他一把拉我坐下,从枕头下掏出一个信封,笑嘻嘻地递给我。

里面是一枚戒指、一封信和几枚骄傲的运动会奖章。

我拿出戒指,这是一枚外圈打磨着钻戒样式的花纹、看上去小巧又精致的戒指。仔细一看,原来是用硬币做的!

以前我说过,不喜欢那些买来的情侣对戒,没诚意。原来,他都记得!

谭珂拿出那些运动会奖章:"看,这是我参加运动会得的奖章,都有你的一半功劳!"

那些骄傲的奖章,在太阳下闪闪发光。

那些光,第一次照进了我心里。

"跟我有啥关系?"我装作有些不高兴地说,"又没有我的名字。"

他又笑了笑,一把搂住了我。

从那一刻起,我从心底里接受了他,也有了毕业一起在北京发展的约定。

现在,我已记不清信里的内容,只知道那是我收到的第一封情书。

满心欢喜,静待花开。

5. 分手风波

那几天,我们不用打电话,面对面详细地规划了未来的路。回到家后,我不再刷剧,开始准备考研,毕业后准备去北京。

谭珂在手术后也开始发愤图强,争取毕业后留在北京。

我不分周六日,从早到晚,背单词、背政治、刷专业题,啃着那些考研资料。

谭珂在伤病痊愈后也开始苦练各项技能,百米跑、障碍跑……

虽然生活很苦,但只要能看到希望,心里就会很甜。

刚开始我们打电话居多,后来为了节省话费,我们改发短信,每条短信都写满字,没多久手机内存就满了。谭珂舍不得删掉短信,说那是我们爱情的见证,就提议把它们抄在笔记本上。慢慢地,一个抽屉就被笔记本装满了。那个抽屉装满时,我们临近毕业,时间越来越紧张,身边的同学们都开始忙着找工作,我的考研压力也越来越大,谭珂又提议,干脆写信吧,一周一封,不耽误对方时间。

于是,抽屉里,一本本笔记本,又变成了一封封信。就这样,它们承载了两个人全部的成长与交集。

就像无数个黑夜天空中闪耀的星星,装点着无尽的遐想和孤寂。

功夫不负有心人,我如愿考上了研究生,又成了我们镇上唯一的研究生,成了爸爸心中的"荣耀"。谭珂毕业也分配在了北京。

我们心中的光一点点明亮起来了!

可生活并不会总有好的展开。之后,谭珂经常会有各种任务,我们的沟通时间越来越少。

那次我发高烧,在家里躺着睡不着,高烧烧遍了我的身体,我甚至没办法站起来。一个人在医院输完液回到家,我哭了。不记得那天晚上打了多少个电话,只记得手机被重重摔到地上的那一刻,零件像烟花一样四散开来,心中的光,越来越微弱。等再次收到回复时,电话那边传来的是谭珂播报"优秀指挥官"和"突出贡献奖"的喜悦。

我想,太阳每天都有落山的时候,我们要走的路也还很长,可是,真的会很长吗？我开始怀疑。

失联成为常有的事,一个月,三个月,半年。

这种嫁给电话的日子,很多人可能都不能忍,我也一样!

终于,异地不长久的"魔咒",似乎要在我们身上灵验了!

那些骄傲的军功章,和我有什么关系？

想起爸爸那天拿出军功章的场景,那些骄傲,跟我的母亲又有什么关系？

我想,不行,我一定要拥有属于自己的"军功章"! 要不然有一天,我会失去所有。

六. 泰山一游

生活像极了一条河,左岸是无法忘却的回忆,右岸是紧握的璀璨年华,中间却是飞速流淌的欢愉与悲伤。

得知爸爸患癌症住院时,感觉像老天跟我开了一个大大的玩笑。

不记得那天自己一个人在河边难过了多久，只是后来才醒悟：只顾悲伤都是小孩子的做法，能为爸爸尽快筹集足额手术费才是合格大人的表现。

而我没有工作，去哪里？向谁借？

此刻，生与死，早已超越情与爱。

虽然难为情，但我还是找到了谭珂。一天后，他给我打电话，然后二话没说，就给了我他自己攒的好几万元。

三个月后爸爸还是走了，没等我获得自己的"军功章"，就离开了。我一个人在河边哭出了声，我不能理解上天为什么这么对我，也不知道这一路走来有什么意义。

"生命为什么这么脆弱？活着的意义到底是什么？"

"为什么一切都这么突然，完全没有预兆？"

…………

我一边哭，一边把路边的石子往水里扔。

曾经我以为，通过自己的努力，可以成为爸爸最大的"荣耀"，然而，爸爸却没能等到那一天。

我陷入迷茫，那些困惑一次次萦绕心头。

"为什么我这么难过，太阳依然升起，还把人们照得暖洋洋的？"

"天气应该是阴沉沉的才对呀，身边的人都应该和我一起难过才对……"

后来，我问了很多人，却没有一个人能真正回答我。

但我必须坚强起来。于是，那段日子，我一边努力兼职赚钱，一边迫切寻找答案。

等我赚够了向谭珂还钱时，他竟然说："不急，以后再说吧。"

随着对生命的疑问越来越多，我开始越来越爱读书。我开始成天泡在图书馆，翻阅了很多关于生命的书，慢慢地，那些困惑的问题有了答案，我的内心又一次变得明朗起来。

后来，我也用自己攒的钱考了瑜伽教练，我爱上了冥想和瑜伽。

练习瑜伽两年后，我再次见到谭珂，那是在我的研究生毕业典礼上。

其实，那两年他一直在给我发消息，每次都会汇报自己的"军功章"，但我早已心如死灰，无暇顾及。

这是爸爸离开后，我的第一个高光时刻，我拿着毕业证，泪流满面。爸爸，您看到了吗，您的女儿也有了自己的"军功章"，她还有更多的"军功章"给您看，您看到了吗？

毕业典礼结束后，我和谭珂一起去爬泰山。

冬日泰山连绵起伏，白云像戴着白丝巾的少女，美得温和而含蓄。

谭珂说："我感觉你变了很多，更有气质了。"

我说："感谢瑜伽和书。"

　　我希望两个人能恢复像老朋友一样坦诚和轻松的关系,只是我不知道该如何确定我们的感情。

　　谭珂:"你还记得那个夏天我去你家吗?"

　　我:"记得。我爸当时特热情。"

　　谭珂:"是的,我俩聊了一晚,爸爸以为我们在谈恋爱,嘱咐我一定要对你好,我一直没忘记!"

　　"是吗?"我将信将疑。

　　谭珂:"真的,爸爸说你是女孩子,让我以后有出息了不能变心,而我也一直只爱你一个。只是这两年你一直不怎么愿意理我。"

　　"是我不愿意理你吗?"我说。

　　"你毕业后想去北京吗?"他说。

　　"想。"我说,"而且我一定会去。"

　　那天泰山顶上的云自由舒卷着,我内心也是舒卷的。

　　我不是为了他去北京,而是那天我明白了一个道理,只有那里,才有我的"军功章"。

7. 曲折婚礼

　　北京的节奏很快,这里的每个人都很忙,很长时间我都不能适应。

　　虽然我和谭珂在一个城市,但他总有演习任务,我也总要加班熬夜,两人还是经常一两个月都见不到一次。

刚开始我还做一些美食,邀请合租舍友分享,但舍友从不开门,有时候吃完我的美食,连一句谢谢都没有,后来我也懒得做了。有一次厨房报警器响,我找舍友帮忙,她却说:"关我什么事。"

没过多久,家里人也给我物色了对象,对方是个公务员,希望我能长远考虑,回老家发展。

大城市的人情冷漠和家里的双重压力,让我开始迷茫。久而久之,加上工作的压力,我患上了轻度抑郁。

我一次次地告诉自己一定要坚持住! 一定要坚持住! 毕竟努力了那么久,不就是希望能扎根下来吗? 好在谭珂及时发现,送了我一只小狗,我才慢慢好起来。

终于等到了谭珂休假,我们决定一起见父母,把我们的婚事定下来。那天,我在他家卫生间,听到谭珂在客厅大声喊:"我不管! 我只要和她结婚!"

后来才知道,家里一直希望他能找一个高干女儿,那样对他的仕途有帮助,所以迟迟不愿意提及买房结婚这些事。而我也是一样,正在和家人做斗争。婚姻和生活都是自己的,和他人无关。

我们终于结婚了,从定下婚事到结婚,三天就结束了。婚礼现场,我竟然很冷静,没有哭,仿佛一切都理所当然,仿佛一切才刚刚开始。等我们匆匆返回北京时,才得知摄影师弄丢了结婚当天的所有照片,那一刻,我才哭了。

但生活忙碌,这件小事很快就被淡忘了。

我还是很难见到谭珂,但我已经学会成为一个独立的女人。过了一阵,谭珂给我打电话,突然邀请我参加部队的集体婚礼。

而我正在工作忙碌期,没有时间参与。谭珂以他们单位的名义出具了邀请函,我的领导才不得不批了假。

记得那天整个营区几千人,都在为这事忙碌,我看看那一对对夫妻的微笑,心里五味杂陈。我记得那一天,谭珂在所有人的面前再一次许下了爱的誓言,领导也给我们颁发了军属的"荣耀"。

8. 女儿出生

北京这座城市有意思之处就在于它让你无暇思考太多问题,因为这里时间的步伐太快。很快,我怀孕了;很快,还有一周我就到预产期了。

那时,谭珂还在执行任务,没请假回来,所以我心里越来越慌。

整个孕期我都是自己去医院检查,每次都让同事一顿寒碜,但没有办法,谁让我自己选择了做军嫂呢。

为了避免婆媳矛盾,我早早就搬来了我妈这个"救兵"。

但孩子是臀位,容易难产,只能剖宫产。任谁都帮不了我,这鬼门关,只能我自己过。

初　生

过了两天，我做好了一个人生孩子的准备。万幸，谭珂请到了假，准时到家，手术也还算顺利。

等我从手术室再回到病房时，听到护士说："你可真有福气。"

"我有啥福气？他天天不在家。"

后来我才知道，谭珂准备了男孩女孩各一套衣服，还跟医生说："如果是女儿，把这件衣服递给我老婆。"

原来他一直记得我念叨着想要个女儿。

我们真的生了个女儿。

照顾产妇坐月子不轻松，谭珂倒挺享受，每天笑得合不拢嘴，什么事都亲力亲为。

没想到，一个月后，谭珂接到命令，又要回部队了。这时我才知道，我的"厄运"才真正开始！伤口痛、涨奶、喂奶、喝汤、换尿布、洗衣服……一下子都变成了我一个人的事情。

我的腱鞘炎越来越严重，有一天犯病，我差点把孩子扔出去。我开始慢慢找不到自己，孤独、痛苦、难过。这样的生活，循环着，没有尽头。

那段时间，我总是在半夜莫名其妙地大哭，后来才知道，我应该是产后抑郁了。

不能再这样下去了，我要尽快恢复工作状态。

身处谷底时，我想起了父亲，那天夜里，我听到他在哭泣，一觉醒来，原来是孩子在哭。

那一刻,我终于明白了,我要成为爸爸和女儿的"荣耀"!

我,可以"东山再起"!

乃. 搬了新家

我回到了工作岗位,摸爬滚打,还兼职做瑜伽教练,教了很多学生。两年又过去了,我证明了自己的实力,挣的钱也越来越多。

那个春节,我们换了又大又宽敞,还带电梯和落地窗的房子。

女儿在搬新家的亢奋中度过了两天,这天终于累得早早睡着了。

北京的春节,只有当烟花爆炸声划破城市寂静的上空时,才会让人感觉到这并不是一座空城。女儿很兴奋,穿着睡衣就跑去阳台看烟花了。

我没忍心叫住她,顺势抓了条毛毯跟了出去。

我一边给她裹毛毯,一边给她指示烟花的方向,还不忘一遍又一遍地用毛毯塞紧每一个空气可以钻进去的小缝,生怕她着凉了。

我感觉还是很冷,回卧室拿了一条更大更厚的毛毯,又给她裹上,心想应该不冷了。

女儿个子小,被护栏挡着看不清,我又跑回去搬了凳子,把她小心翼翼地抱到凳子上,生怕这个过程中,毛毯会漏风。等我回过神时,才发现自己穿的也是睡衣,又赶忙给自己套了一件羽绒服。

当我再次回到阳台时,脑海里一个类似的画面闪过。这才想起,那是几年前去谭珂驻训部队的那个元旦,正好碰上放烟花,他也是这样照顾我的。

当时我就是女儿,他就是我。还记得我们笑得灿烂如花,完全忽略了上一秒钟还在为驻地公寓里乱窜的老鼠而沮丧。

电话那头,又传来了谭珂一年一度的评功评奖播报。

生活虽然苦点累点,但总算一点点好起来了。

他现在越来越优秀,而我的"军功章"也不少。

哼,我不会输给你。

10. 我的"军功章"

绚烂的烟花易逝,但生活的烟火还要继续。过完年,又到了公司升职加薪的时候。新领导也说要找我谈话。

这一次,我一定要抓住机会!

我记不清当时具体谈了什么,只记得"你是妈妈,还有孩子""应当以家庭为重""我的助手是多年的兄弟"等零零碎碎的片段,我感觉脑子一热,心一凉。

上一任领导调走后,我就感觉自己心里空了,去年一年,我好不容易又获得了领导的认可,却……

大公司果然爱"画大饼",美其名曰轮岗历练,领导一换,所有承诺就真成了"大饼"!

那天是我进入公司以来,下班最早的一天,地铁上密密麻麻的人挤来挤去,我的心麻木不堪。回家后,我在阳台上站了很久,早已不适应对面楼里灯火通明,人们在房间里来回穿梭的样子。

也是,经常加班到凌晨一两点才回家,早就黑漆漆一片,哪还有人影!

值得安慰的是,只要一打车,谭珂便会打电话陪我聊一路。这几乎成了我们固定的"相处"模式,也算是每天共同奋斗的"见证"。

所有的努力都落空了,难过、失落,让我不由得大声哭了起来。

都怪谭珂,为什么永远有忙不完的工作?

在胡思乱想中,我不知不觉昏睡了过去。

一年又过去了。

女儿马上三岁了,谭珂也终于休假了。

大半年没见,我们终于一起完成了拍全家福的心愿。晚饭后,女儿脖子上挂着好几个谭珂拿回来的军功章,他们一起玩着"点名""搅拌机"游戏。

"爸爸。""到!"

"老爸。""到!"

"父亲。""到!"

"Dad。""到!"

…………

孩子终于睡着了,我也打算躺下松一口气。

谭珂:"聊一会儿?"

我:"聊。"

谭珂:"你先说。"

我:"嗯……今天拍全家福,我还挺有感触的。"

谭珂:"怎么说?"

我:"我觉得自己还挺美的,不亚于结婚那会儿。"

谭珂:"这话说的,你一直都美。"

我:"我说真的呢,刚开始我是挺抵触的,感觉自己脸上有很多皱纹,都不敢看自己。"

"那你也是最美的。"谭珂笑嘻嘻地说。

我:"这几年带孩子一直操劳,虽然你买了很多面膜眼霜,但每天加班熬夜,哪还有工夫臭美。平时上班,周末带孩子,睡觉前都是雷打不动地讲故事,换你不累呀?"

谭珂点点头:"你知道吗,女儿从床那头滚到我这头,玩个不停,感觉从心里已经接受了我。那一刻好开心。要不是你平时引导,她怎么可能变化这么大。"

还记得有一次,我的一个学生在练习瑜伽的时候,问我:"你说现在妈妈们怎么这么难呢,三胎政策、母乳喂养、科学育儿、经济独立、职场压力,都说女性力量崛起了,可我怎么感觉路更窄了!"

我没有说话,也陷入了沉思。

"我能问你个问题吗?"我说。

"你问。"

"他们一直说,军功章里有我们女人的一半,那一半在哪儿?"我问。

这回,换他沉默了。

我们看了看电视,就睡了,夜深人静,再无回音。没过多久,我也睡熟了。

第二天,我在谭珂的呼喊中醒来,他端着一个大盘子,上面盖着一块布,我揉了揉眼睛,看着他。他笑嘻嘻地揭开了布。

定睛一看,是他从小到大每一块军功章,从运动会到后来的每一次任务,他笑着说:"你仔细看看。"

我不情愿地扒拉了一下他的军功章,顿时震惊了,他每一块军功章上,都刻满了我的名字。

我有些惊讶,说:"这不都废了吗?"

谭珂笑了笑:"我的,我说了算! 我爱你,所以这都是你的。"

我毫无征兆地哭了。

我终于明白了,无数军功章,也不及一句,我爱你。

我爱你,谭珂。

这一半军功章,我终于知道在哪儿了,在责任里,在时间里,在期待里,最重要的是,都在爱里。谢谢你。

故事背面

问：你的身份是什么？

答：生活中是一名军嫂，一名妈妈；工作中是互联网从业者，也是一名瑜伽教练。

问：为什么写作？

答：第一，因为我自己有些社恐，但内心其实喜欢沟通和交流，所以希望通过写作达到自洽；第二，平时喜欢思考，也有些感悟，内心对生活饱含热情，希望通过写作启发他人或传递一些温暖。

问：写这篇故事的初衷是什么？

答：军功章的另一半，不仅仅是在真实的刻满名字的军功章上，更在每一名军嫂的努力自我蜕变中，对家庭的无私付出和默默坚守中。

问：你最希望谁看到这个故事？

答：希望父亲和老公，因为他们是我最爱的两个男人。

问：这个故事有真实事件原型吗？

答：有，我稍微作了一些改编。

问：用一句话描述文章的核心。

答：唯有爱才是唯一的出路。

问：军嫂是不是一个很辛苦的身份？

答：确实非常辛苦，工作生活都要兼顾，包括小孩和双方的父母。

问：如果重新选择，是否还会选择这样的生活？

答：还会选择，每一段经历都是精彩的人生片段，爱没有身份界限，包括军嫂也一样，纯粹的爱能让我有勇气克服一切困难。

问：想对其他军嫂说些什么？

答：生活是你自己的，既然选择了，就要义无反顾。

每次翻看我们的照片，都会想起，青春期的爱情真美好。

如果一切都能留在十五岁，这世界该多美丽，

就像下一个故事的作者，她才十五岁。

白纸花

杨昕童
飞驰成长签约作者
中学生

自古便有传说，人在死后须喝下一碗孟婆汤，方可轮回转世。殊不知孟婆汤仍不能使执念太深的人忘却生前往事，而那些执念也终会化为山坡上的白纸花，永远开放，直至释然。

在这些白纸花的深处，有一群"渡灵人"倾听着它们的故事，千年以来，如是往复。

"那里好像又新多出了一朵，你过去看看。"

"渡灵人"俯下身子，伸手轻轻地摸过花瓣，白花便飘浮在空中，缓缓地道出了她的故事。

我出生在一个美满的家庭。

因为父母对古代诗词的热爱与研究，我的名字"见君"取自于我国最早的一部诗歌总集——《诗经》中的诗作。

"山有苞栎，隰有六驳。未见君子，忧心靡乐。如何如何，忘我实多！山有苞棣，隰有树檖。未见君子，忧心如醉。如何如何，忘我实多！"

这么美的名字，却没有好的结局。世间之事，总是少有圆满。在我十二岁那年，发生了一场地震，父母作为医护人员主动申请前往震区参加救援。然而，他们在当地的余震中没能回来，后来我才知道，当时这场地震中，死了很多人。

那时我还在上学，在新闻里看到消息后又接到了电话，我恨老天爷，我把父母的照片放在枕头上，但我知道，我是一个人了。爸妈从小就告诉我要做有用的人，因为他们就是有用的人，他们穿着白大褂救死扶伤，可是，我还有好多问题，未曾得到解答。

我一个人在学校旁的小房子住了三年，靠着父母的存款和抚恤金来保证温饱。我在黑夜里害怕孤单，只能去大排档旁边蹭白炽灯，然后完成作业。长此以往，我的性格越来越像男孩子，为了生活方便，我把头发也剪得很短。

直到高一在那个小巷子中遇见了他，才明白我之前一直活得无趣且单调。

小巷子往往是一个城市最乱的地方，周围腐烂和铁锈的气味在空气中交织。因为阻拦了一群小混混偷酒的行为，他们便将我堵在了小巷子中。

一群人把我围在中间拳打脚踢，我无法挣脱，于是抬起头，任人处置。身上的衣服透出一道道血痕，模糊了衣服上的校标。

直到他到来，就像电视剧里的夸张剧情一样：男主角一个人打倒了对方所有人，最后英雄救美。只可惜我的生活凌乱不堪,不然也许真的会对这个逆着光的少年心动。他也并不是赤手空拳,他从不远处的水果店里顺了一把西瓜刀。

后来的一切似乎都顺理成章,他带着我去了一家最近的小诊所包扎,而我也知道了他的名字。

姜清桐,一个带着光的名字。

再后来我们便熟悉了,我们一起在食堂吃饭,我们成了好朋友。我们一起逃了晚自习,那是我第一次破戒;我们一起在运动会冲刺,尽管代表的是不同的班级。

高二的时候,我开始依赖他的气味,感觉关系发生了变化。我害怕这种感觉,但又期待着,我不知道这种感觉是什么,于是我开始躲着他,当时我们见面的时间本来就很少,我得冲刺高考好好学习,他得带着他游戏中的公会成员做任务打副本。

路不相同,也就见得少了,那时候的我心想,只要再躲几个月他就会彻底忘记我了,毕竟那时他的朋友很多,每天都有人围着,而我却总是孤身一人。

我嫉妒他周围有那么多朋友,而我没有,我难过,我想跟他绝交。

事实却证明我错了,几个星期后他约我下课后在天台上见面,我到的时候他正靠在栏杆上眺望着远处的高楼,然后我就看见他回头,他说:

"真的很高兴遇见你。"

晚霞出现得恰到好处,像是橙色和粉色的颜料不小心被打翻在了天空中,少年脸庞上的红晕和春天微风捎来的怦然心动,一切都刚刚好。那画面也一度成为后来无数个深夜让我辗转反侧的回忆。

"我也是。"

所谓的矛盾在他的一句话后瞬间瓦解,那几个字太可怕了,会绷断所有的理性。

那天我们聊了很多。他讲到了他的家庭,他的母亲是一个见不得光的情人,意外怀上了他,却只能一个人承受,所以从他刚出生他和母亲就成了街坊邻居的笑柄。

他说他的母亲曾经也是一个做研究的人,如果不是遇到了他那个至今未知的父亲,说不定也是个很成功的人。

我也给他讲了我的家庭,我的父母和我的名字由来。我终于有了无话不谈的朋友。

之后的日子依然单调,但因为他的存在而变得有趣,那也是我这一辈子过得最快乐的一段时光。

我们趁着放学后去拍了大头贴,只是为了背景的红色;我们趁着周末去了游乐场,只是为了那个要等很久的摩天轮。我和他尝试了很多以前从来不屑一顾的事情。

那感情仿佛就在昨天。

可也正如太宰治所说,若能避开猛烈的狂喜,自然也不会有悲痛的来袭。我和他的成绩一落千丈,从班上的前十掉落到后几名,年级主任把我们叫了过去,那天他的母亲也来了,聊了几

句后,他的母亲把我单独叫了出去,我想象出了无数种质问和责备,可她只是淡淡地问了我一句:

"你真的最在乎他吗?"

"在乎"两个字在口中打转,可张嘴却没有声音,我似乎永远也没办法面对这个女人,因为我知道她一定是最在意他的那个人。可我的妈妈,在哪儿呢?

"如果真的在乎他就离他远点,这对你们都好。"她说。

"未来的路还长,他有他的路要走,你也有你的路。"她又说。

我听着面前的人说出这句话,突然发现的确如此,我好像没有什么资格去接近他,我连基本的保护他的能力都没有,甚至,我连保护自己的能力都没有。

"两天以后我会带他离开这个城市,我也希望你们为彼此着想,别再影响对方。"这个女人说。

我沉默了许久,做出了那个改变了我人生轨迹的决定:"阿姨,还是我走吧。"

说完我就转身离开了。

十七岁的我没有牵挂,在亲戚的帮助下,我申请转学到另一个城市的学校,将父母的房子出租后离开了这里。

我离开的那天他也来了,夜晚的城市笼罩在月色下,只有零星的几扇窗户还亮着灯。

"你不用再跟着我了,我答应你妈妈了。"害怕他等会儿一个人回家迷路,我走了一会儿突然停住了脚步,回头看向了他。

我当时甚至都忘了他是那个能以一敌十的人。

"你带我一起走好不好?我会和你一起努力的……我可以去打工,我可以做很多事情的……"那还是我第一次听见他这么说话,像一只小兔子,红着眼睛轻轻地开口。

"不必了。"这是我最后一句话,说完我就走了,没有说再见。

如今回想起来,真想冲过去扇当时的自己几巴掌,可是那时候的我很懦弱,选择了最傻的办法——一个人逃避这件事。

我知道他没有再跟过来,但是我还是一直不停地往前走,他的抽泣声似乎一直笼罩着我,以至于我甚至不知道自己什么时候走过了车站。

离开他的生活又恢复了最开始的无趣,每天就是两点一线。虽然换了一个城市生活,但一个人独处的时候我还是能想起他。

高中毕业后,我想了很久,我要做对国家有用的人。于是,我申请参军,成了一名光荣的女兵。那些年我很努力,不怕苦不怕累,申请去最远的地方实习,申请去艰苦的地方训练。几年后我成为保护国家安全的队伍里的一员。那一刻不只是骄傲,随之而来的还有悲伤。

因为我和他似乎再也没有交集的可能。

日子越来越平淡,早上六点别人还在睡梦中时,我们便起床开始操练,日日夜夜里,我明白了和我们打交道的都是手早就被鲜血染红的人,容不得有半点闪失。

那段时间我几乎和所有的朋友都断绝了联系,名字也早已因为任务需要而更改。清明节不能去父母的坟前悼念,因为害怕暴露,没办法烧太多的纸钱,我只能学着老一辈的人,折白纸花,烧白纸花,以表思念。

在队里和其他人一起烧纸时,我也常常在想:这样做值得吗?

其实答案早就烙印在我的心中——值得。

十六岁前我的人生单调无趣,十七岁那年因为姜清桐的出现重新明亮起来,分开后的一年里第一次认识到了为国奉献的责任。

几年的时间里我学会了很多技能和功夫,也结交到了一些值得信赖的朋友;学会了记地图,早已摆脱了从前路痴的毛病,从一个柔弱的小女孩变得能独当一面。

我孑然一身,已然没什么可失去的了。在几次顺利完成任务后,我已经知道了自己的使命,未来是什么样,也越来越清楚了。至少,我的父母会为我骄傲。

可命运这玩意儿很有趣,我竟然还是遇到他了,是在一次艰难的任务中。

任务对象就坐在我的斜前方,那是一个为了财富贩卖国家机密的人渣,我的任务就是搜集证据并协助警方抓捕他。

而姜清桐就坐在我隔一桌的右边,正和另一个我从来没有见过的人聊天。刚见到他时,我的心一下子激动了,可我不能有情绪,我要面对那顶鸭舌帽。我假装品尝面前的菜品,以往是为了不引起怀疑,但那一次我知道我只是为了克制自己冲过去与他相认的冲动。

太难吃了。这是我对于那顿饭的唯一印象。我看见,任务对象见了一个戴着黑色鸭舌帽的人,可是对方太警惕,帽子压太低,根本看不清他的样貌。

"这里是你要的东西,那尾款?"声音从我们提前装好的窃听器进入到我和搭档的耳机里。

"尾款已经打过去了。"戴着黑色鸭舌帽的男人刻意压低了声音,说话时还朝我这边扫了几眼。

我赶紧低下头。

"嗯,收到了。"那人看了眼手机,"你真的要把这些东西交给那些外国人?""这些东西应该不会带来很大危害吧……就只是一些会议的提要……"任务对象的声音明显迟疑了,从我那个角度看上去他如坐针毡。

"嗯。"那人没说是,也没说不是。

我突然意识到有漏洞,因为我隐约看到他的耳朵上也挂着耳机,我感觉他后面应该还有人。在他们采取抓捕行动前,我赶紧起身打电话给我的上级,申请顺藤摸瓜找到背后的犯罪团伙,因为我总觉得背后还有别的人给他们撑腰,事实也证明我的第六感很准，不过这都是后话了。

上级很快同意给我两个星期的期限。

我打完电话回到座位，姜清桐已经不见了。

那天晚上，我做了个噩梦，梦到当初走的人不是我，而是姜清桐。突然惊醒时，才意识到，姜清桐原来也到了这个城市。

接下来，我陷入了忙碌的追查，可是我的心一直怦怦跳，因为姜清桐就生活在我正调查着的城市里，任务完成以后我就可以见到他了。

我陷入了更加忙碌的工作中，监控里人来人往，十六倍模糊的人影在我眼前闪过，没有我想要找的人。

忙碌总能让时间变得很短暂，微风又一次带来了属于春天的生机，但是没能带来任务的突破。在只剩下两天的时候，我们也只把目光锁定到了四个人身上。

一个是在校大学生，但是性格孤僻，总是戴着黑色鸭舌帽。

第二个是一家小公司的经理，有目击者说曾经在任务对象的办公室里见过他。

第三个是自由职业者，平时主要宅在家中画画写作，餐厅的监控录像里显示那个人脖子上有个很明显的文身，这个自由职业者恰好也有。

第四个是出租车司机，被列入怀疑名单是因为任务对象曾多次搭乘他的车。

我们查了很多很多，但是背后的那群人太隐蔽，我们只能挨个排查,直到最后一天才锁定了那个犯罪嫌疑人。

我们去了出租车公司,调查了那个司机在别人口中的评价,才发现他除了热心肠就没有别的特点了。

我们又去了那家小公司,小公司的运营一切正常,再加上那个经理资金流动正常,他很快也淡出了我们的视线。

只剩两个人了。我们继续寻找着。我和战友分成了两条线,我跟着那个大学生,他们跟着那个画家。直到一个深夜,我跟着那个大学生走进一个胡同,跟了几条街,看见他走进一家游戏机厅。我在门口等了半天没看见他出来,于是我走了进去,刚一进去,就发现一群人在里面商量着什么。

"老板,我玩儿五分钟。"我故作镇静。

"你还是找到我了。"是肯定句,似乎早就预料到了我的到来。

那个鸭舌帽往后退了一步,几个人看起来都很年轻。

"你这就认了?"我把手伸进了口袋里,按下了警方的快捷拨打键,而后打开录音笔继续与他对峙。

"认啊,不过人知道的东西太多是不好的,要么用命听个故事,要么和我站同一边。"他突然咧开嘴笑了,像是黑暗来临前的警钟,"不过你们这群秘密养起来调查我们的狗,估计还是认主人的,想来只愿意用命换故事。更何况你还是个女的,奈何不了我们。"他的眼神充满不屑。

"女的怎么了?"我把手放进衣服里,假装有枪,几个人往后退了一步。

"都是收钱办事,你们不也见不得光吗?还不如跟着我一起干,收入肯定比你们现在高多了。"面前的人还是一副轻佻的语气。

"我们一直在阳光底下,只不过我们和太阳光刚好重色,所以别人看不见罢了。你们才是真正见不得光吧。"

"这样,五五开。"他说。

"你们现在自首,还来得及。"我故作镇静,但面对这几个人,我开始担心。

"好,我自首。"鸭舌帽一步步走来。

"你站住,告诉我幕后黑手是谁!"我的手在衣服里捏得更紧了。

话音刚落,一个人转身就朝着后门跑去,我冲过去想要抓住他,被鸭舌帽一个反扑扑倒了。我一边推他,一边听他喊:"她没枪! 她没枪!"

接下来,几个人冷静了下来,一个个冲向了我,拳打脚踢,还是小巷,还是血痕,只是这一次看不见姜清桐了。

我拼命站了起来,和他们扭打在一起。我拼尽全力,用学到的格斗术制服了好几人,突然想起上学时,姜清桐也是这样,越想越来劲,等解决了他们几个,我就可以找他了。这时,一道亮光从侧面闪过,扎扎实实扎进了我的身体,然后是好几下,我感到异常冰冷,然后倒下。

只是可惜了,还没来得及和姜清桐说一句再见。

临终前我似乎听到了警察跑来的声音,也似乎听到了高中时期,姜清桐刚睡醒时迷迷糊糊的抱怨声、翻墙被年级主任抓包的训斥声、高二那段平静的对话……

姜清桐,替我活下去。

"渡灵人"听完后,沉默了片刻,想了想才开口道:

"那你的执念是什么呢?"

白花里的灵魂很快就开了口:

"我差他一句再见。"

说完,面前的白花突然枯萎了,里面的灵魂也慢慢消失不见。

直到这个灵魂消散的那一刻,"渡灵人"才明白,原来人世间的爱胜过一切。

故事背后

问：你的身份是什么？

答：一个惨兮兮的初三备考生。

问：为什么要写作？

答：应该算是热爱吧，用文字记录生活中的点滴，从窗外飘入的树叶到令人敬佩的英雄，永垂不朽的文字和不应该被忽视的细节。

问：写这个故事的初衷是什么？

答：希望大家可以关注到那些在黑暗里前行的英雄，能理解每一个职业和每一份责任，同时也希望通过自己不那么完整的记叙让更多人了解到：如今我们生活的安定，是无数个人在背后的坚守。

问：你最希望谁看到这个故事？

答：那些陷入流言蜚语中的人吧，告诉他们其实坚持自己的道路，就已经很成功了。

问：用一句话描述文章的核心。

答：在个人的爱情面前最终选择了事业和国家利益，这是一种无愧于心的责任感吧。

问：你是这本书里最小的作者，对此你有什么感想吗？

答：还是有很多需要学习的，在遣词造句方面仍然需要努力。

问：为什么你小小年纪就有如此丰富的写作思维，平时在做一些练习吗？

答：被理科磨出来的思维，平时喜欢写一些随笔记录一些灵感和遇到的人，也算是练习和积累吧。

问：对几年后的成年世界是否存在期许？

答：肯定有的，希望可以继续坚守初心，继续关注那些角落里的人群吧。

问：作为少年作者，你认为自己的优势在哪里？

答：我的优势在于我可以厚着脸皮不断问李老师问题（哈哈），其他并没有什么优势，可能就是我看问题会多一份纯真？再者就是尚有无限可能？

每个人都有执念，有个人的执念是关于他的姓名。

那么，我们一起听一个兜风者的故事吧。

人间兜风者

宋小君
知名作家
编剧

我在抖音上偶然刷到了俊辉,他置身于酒吧绚丽到刺目的灯光里,搂着面目模糊的女孩热舞,女孩腰和脖子一样白皙,在晦暗中舞成重影,我看到俊辉耳垂上镶嵌的耳钉闪着一点寒光,对着镜头做邀请的姿势。

　　我已经很久没见过他了。

　　我给他点了个赞,很快他的电话就打过来,问:"回来了?"

　　我说,回来了。

　　医院通知我把外婆带回去,在家里总是舒服一点。

　　外婆已经瘦成了一小个,勉强能走路的时候,我扶着她,感觉她轻飘飘的,几乎没有了重量,我不敢松开她,生怕她趁我不注意就飞走了。

　　我辞去工作,回小镇安心照顾她,陪伴她度过最后的日子,更准确地说,是让她在最后的日子里陪陪我。

　　外婆坚持住回老屋,她还惦记着她养的鸡,我扶着她去看,鸡一只都没少,她说:"应该下蛋了。"我弯下腰,果然在鸡窝里看到好多鸡蛋。

我捧着鸡蛋回头看着外婆，她颤巍巍地站在阴影里对我笑。

老屋就在等着拆迁的家属院里，比外婆还要老，目送过许多熟悉面孔的离开。每年过年回家，我也经常在某个角落迎头就撞见了我的童年。

天气好的时候，我就和外婆一起在院子里晒太阳，阳光透过树叶斑斑驳驳地洒下来，这时候整个世界就跟这个家属院一样大，不管我走到哪里，我都知道外婆就坐在我身后看着我。

我搬了把椅子，靠着她，闻着她身上衰老的甜味——她闻起来就像是一个放久了的苹果，我时常和她一起睡着。

父母离婚之后，各自有了家庭，看上去都比以前幸福。

我就像是某篇文章里被滥用的一个多余标点，随时会被老师删掉。

我爸终于如愿生了一个儿子，再也不用在我面前愁眉苦脸，说那些没儿子抬不起头的醉话。

每年过年我都和外婆住在一起，外婆家就是我的家。

夜里，我给外婆洗澡，外婆以前身体很好，每顿饭都要喝一杯白酒，去哪都走着去，走路飞快，骂人也中气十足，我记忆中几乎没见她生过病。

在浴室里，我帮她脱掉衣服，就像是脱掉了她的大半辈子，她的筋肉和气力都被脱掉了，她在我面前瘦成那么盈盈一握，她老成我的孩子了。

我给她洗澡，抚摸着她身上皱起来的皮肤，她好像有点害羞,她说:"女崽,我难看了。"

我说:"你不难看,人老了都这样,以前你身上闻起来是苦的,现在闻起来是甜的了。"

她笑了。

我扶着外婆走出去,舅舅赶紧迎上来,他今天执意睡在外婆床边。

我听见外面引擎轰鸣,俊辉骑着摩托车来接我。

摩托车很高,浑身透着亮黑,俊辉递给我一个头盔,我隐约听到头盔里传出音乐声,应该是摇滚乐,唱的是小语种,听起来很愤怒,但不知道他在唱什么。

我坐在摩托车上,俊辉的声音从头盔里传过来:"回来怎么也不说一声。"

我说:"忙,要照顾外婆。这车不便宜吧?"

俊辉说:"不贵,三十多万。"

我透过头盔前的护目镜看出去,高速行驶的时候,夜色中的街道略有些颤动,路灯的光在眼睛里被拉成了亮带,整条街像是王家卫拍的被抽了帧的电影画面。

我从来没这样看过我的小镇。这个钟点,街上已经没什么人了,晚睡的人都在酒吧或者烧烤摊上,好像夜里就没有人在赶路了。两侧竖立着嶙峋、丑陋的建筑,大多数是建了一半的大楼,有些还没有墙皮,看起来近乎狰狞。

俊辉问我:"要不要去我酒吧,请你喝酒。"

我说："我现在怕闹腾，就找个清净的地方聊聊吧。"

俊辉说："那去溜冰场吧。"

我说："这都几点了。"

俊辉把摩托车停好，我腿有点发麻，看着他拉开卷帘门，溜冰场里所有的灯依次点亮，白晃晃的冰面刺目，里面充斥着一股旧鞋的味道，跟我记忆中的一模一样。

俊辉张开双臂，向我炫耀："我开的。"

我说："你现在真有钱了。"

"嘁，有个屁钱！"然后他问我，"你溜过冰吗？"

我说："我肯定溜过啊，我不是还教过你吗？"

他说："不过我一直记得你，你是唯一一个拒绝我的女孩。"

换上冰刀鞋，我和俊辉一前一后，偶尔还能在拐弯时划出个漂亮的弧度，偌大的溜冰场只有我们两个人，这么溜冰实在有点孤独。

我溜了一会儿就累了，靠在栏杆上，看着俊辉背着手，在冰面上一圈又一圈地转，像一个被鞭子狠狠抽过的陀螺。

他看起来很瘦，比我记忆中要瘦得多。

他滑到我身边，扶着栏杆，打了个哈欠，有点百无聊赖，他说没意思。

我说："你怎么这么瘦了？这么瘦可不好。"

俊辉看起来毫不在乎，他说："上个月我还住院了，身上毛病不少，主要是肝。喝酒、抽烟、嚼槟榔，一个不落，身体能好吗？

大夫跟我说,明明是个年轻小伙子,怎么五脏六腑的负担这么重,劝我少熬夜,忌烟酒。可那样活着不就更没意思了吗?本来有意思的事儿就少。"

我问他:"还在找你的父母?"

俊辉点头:"公安局采过血了,也打电话报了寻亲节目,但都跟放了屁一样,没有动静了,连臭味都没有了。"

俊辉在镇上唯一一家儿童福利院长大。

在他的记忆里,"第一儿童福利院"这几个黑字写在苍白的牌子上,挂在门口,他小时候经常觉得疑惑,"儿童福利院"前面为什么还有个"第一",这有什么好争第一的?

他记得,福利院那青砖垒起来的院墙很高,据说用的是当年平坟运动中挖出来的青砖,这种青砖相当结实,一百年也不倒,夏天里面偶尔还冒出白气,站在院墙面前总是觉得冷丝丝的。俊辉听女院长说过,以前打井也用坟砖垒,这种井里的井水更凉。

儿童福利院有两栋楼,对称的,建得像碉堡,好像生怕有人来偷这些没人要的孩子。

俊辉说:"后来我也进里面蹲过,福利院跟监狱一个样。"

俊辉人生中收到的第一份礼物是一个姓,福利院的孩子们大多是被遗弃的,有的父母会留下一个字条,上面写着孩子的小名。有的干脆就什么都不留,包一包就扔了,像是扔一袋垃圾。

包俊辉的小被子里就什么都没有,被子还被他尿了,儿童福利院的护工从充斥着尿骚味的小被子里把俊辉剥出来,就像是给他接生,俊辉觉得那一刻他才算是赤条条地来到这个世上。

俊辉没有名,也没有姓,儿童福利院的院长就统一给像俊辉一样没有姓的孩子,分配一个姓氏——龙,龙的传人嘛。福利院没有姓的孩子都姓龙,他们就是一家人了。

俊辉这个名字是后来他自己取的,印象中是从港剧里一个角色身上拿来的。

俊辉在儿童福利院里最能闹腾,常让已经四十多岁的女院长头疼不已。

俊辉视福利院的规矩如无物,像是一头精力旺盛的小兽,兢兢业业地破坏着一切,反抗着一切。他把蟑螂放进女护工的饭盒里,埋在米饭底下,等女护工吃到一半时才发现,然后看着她弯腰对着垃圾桶呕吐。

他割破自己的手指,把血印在女护工换下来的白裙子上,女护工下班换上裙子去约会,被人指指点点,然后羞红了脸,哭着往回跑。

俊辉跟我说,女院长号称从不体罚孩子,但她用尖头皮鞋踢过俊辉的小腿,让他小腿肿了好几天。女院长问他,到底为什么跟人过不去?

俊辉说,那个女护工之前拿烟头烫过他的大腿,而且反复烫同一个地方。她在外面受了委屈,就烫福利院的小孩,尤其是姓龙的,好像这些统一分配姓氏的孩子,在她眼里低人一等。

除了俊辉,没有人反抗。

俊辉说,课本上说了,旧社会需要一场革命,他这就是革命。

女院长听完又给了俊辉的小腿一脚,俊辉疼得弯了腰。

女院长说,她会处理,让俊辉以后老实点。

但女护工一直都在,丝毫没有被这件事影响,她恨极了俊辉,找各种机会欺侮俊辉。

俊辉就和她斗智斗勇,有时候她赢,有时候俊辉赢,很快这就成了俊辉的日常。

这场噩梦结束在一个夏天。

一对姓黄的中年夫妻来挑要收养的孩子,俊辉和其他小朋友一样排了队,像货架上的货物一样,等着中年夫妻挑选。

那天俊辉走了神,他发现女院长的一根鼻毛窜了出来,接触着她总是汗津津的厚嘴唇,他想象着,这根鼻毛也许就是女院长身体里炸弹的引信,只要点上,女院长就会当着所有孩子的面,炸成一团烟火。想到这里,他笑出声来。然后他看见那个中年女人一脸慈爱地看着他,伸手摸他的头。

俊辉开始姓黄了。

他离开儿童福利院那天,没回头看一眼,但他却感觉福利院的围墙在看着他,在炎热的夏天冒着白气。

几个月以后,俊辉又被送回来了。

这次中年女人没来,来的是中年男人,他有些不好意思,但他拿出收养协议,指着协议上的某个条款给女院长看,协议里面有规定,如果一年内对收养的孩子不满意,可以随时送回来,大致就相当于现在网购中的"七天无理由退货"一样。

中年男人说,我老婆被他吓病了,这孩子吧,多少有点毛病。

女院长在俊辉胳膊上发现了纵横交错的疤痕,有的虽然长好了,但仍旧渗着血,伤口皱起来,看起来相当可怖。

女院长问俊辉:"到底为什么拿刀割自己?"

俊辉满不在乎,他说:"就好玩啊。"

女院长看着俊辉脸上的笑,觉得有点毛骨悚然。

俊辉说:"以后我是不是不姓黄了?"

黄俊辉变回了龙俊辉,又开始在福利院捣乱,他很快就成了福利院里的"滞销货",再也无人问津。

十四岁那年,俊辉从儿童福利院跑出去,女院长象征性地找了几天,就放弃了。

俊辉莫名其妙就跟着几个闲散青年跑到了河北保定,进了一家KTV当服务员,谎称自己已经十六岁了。

KTV的老板娘喜欢穿黑衣服,眼线画得很黑,嘴唇又涂得很红,跟人说话时,嘴里永远有烟酒味,像含着一个烟酒铺子。

老板娘对俊辉印象不错,去哪都带着他,把他当心腹,让他好好干。

KTV里养了一票女孩,有身份证的就被老板娘扣下了身份证,这些女孩大多都化着跟她们年龄不符的浓妆,露肩的上衣和黑皮裙在她们身上很不合身,像一个笑话。虽然她们表情各异,但看上去永远一副睡不醒的样子。

俊辉和她们一起昼伏夜出,看着大腹便便的老板们搂着这些可能跟他们女儿一样大的女孩唱歌跳舞。

俊辉就是在那时第一次见到了死人。

一个女孩想找老板娘要回身份证,说她想回老家,老板娘骂她:"你有家吗? 你家里人还要你吗?"

女孩不敢说话,低着头哭,老板娘走过去,当着俊辉和其他女孩的面抽女孩耳光。每抽一下,女孩身子就颤一下,但她一下也没躲。直到女孩鼻血流出来,老板娘终于打累了,甩着自己的手腕,告诉她这个月工资没了。

夜里女孩跑了,老板娘带人去找,俊辉也去了,一群人在桥上发现一只断了跟的高跟鞋,孤零零地歪在那里,看起来特别可怜。

等到了第三天,有人在水库里发现了女孩,把她捞上来,老板娘去认尸,俊辉也跟着去了。女孩已经被泡得发胀,整个人大了一圈,眼睛还睁着,脸上劣质的浓妆已经被泡干净,但身子特别僵硬,胳膊和腿一直弯着,怎么放也放不平,好像闪光灯过后被快门定了格。

老板娘脸上没什么表情。

俊辉跑到一边吐了。

俊辉说,女孩死了的样子一直在他脑子里转,那女孩僵了、硬了,但看起来还是很漂亮。她想回家,可她可能也没家了。

在 KTV 待了几年,俊辉认识了一个老板,老板在 KTV 喝多了,问俊辉,小伙子,想不想发财?

俊辉稀里糊涂,跟着老板去了柬埔寨,去了才发现,老板是搞电信诈骗的。

每搞成一单,就按利润给大家分成,俊辉在这里见到很多年轻人,比他大不了几岁,他们可以在电话里扮演警察、律师,有时候也扮演情人、儿子,对情感空虚的中年妇女和孤独的老年人下手。

俊辉看着他们在电话里如此声情并茂地说谎,语气或威严或真诚,有时候还让眼眶也跟着红起来,他好几次忍不住在别人打电话的时候笑出声来。

俊辉不擅长骗人,一单也没搞成,那些年轻人就瞧不起他,他虚心向他们请教,得到的答案让俊辉哭笑不得,他们说:"你多上几次国内的通缉令就学会了。"

俊辉说:"从柬埔寨回来,很多地方我都去过了,但还是喜欢南方,我不喜欢太冷的地方。"

俊辉辗转回到了小镇,他已经长大,脖子上可以悬挂金链,手腕上戴着颜色不明的珠子,阴天也戴墨镜,开始他叫很多人哥,后来很多人叫他哥。

我就是那时候认识俊辉的。

我大学毕业之后,留在了广东,逢年过节才回老家,每次回来，俊辉都好像比之前有钱一点，但也越来越瘦。

大家一起吃饭的时候，俊辉热衷于买单，喜欢别人叫他辉少。

小镇不大，同龄人之间隔不了几个人就互相认识。俊辉身边的女孩，从我小学的好朋友，换成了初中的好朋友，然后又换成了好朋友的好朋友。

俊辉并不长情，一场恋爱谈不了多久，他就会觉得无聊。跟过他的女孩在分手后都热衷于到处散布关于他怪癖的流言。

烧烤摊上的女孩说："这人绝对有病，有一次他突然管我叫妈，把我都叫蒙了。我不答应，他还不高兴，又叫了一声妈，一定让我答应。我只好答应。他叫了七八声吧，然后就抱着我号啕大哭，都给我哭恶心了。"

…………

流言真假难辨，时常通过各种方式传进我耳朵里。

俊辉每隔一段时间都会迷上新鲜的事物，有一段时间，他热爱吃野味，小镇周围多山，有钱人都吃野味，他也跟着吃，吃得比谁都凶，听说有一次还中过毒，身上起了大片的疹子。

现在又开始玩摩托车，他跟我说："有一天夜里，我睡不着，我就骑车出门，一路往前骑，骑到没油了才停下来，在路边等到天亮，才拦到车把我和摩托车一起拉回来。"

俊辉说，就是因为在电视上看了寻子节目，看到那些孩子抱着父母哭，他才想找自己的父母，至少要弄清楚自己是从哪来的，到底姓什么。

"等我找到了，我就有姓了，不然连个姓都没有，总是比别人矮一头，你说是吧。人不能总是少点什么。"

但除了自己身上的 DNA，他一点线索也没有。

俊辉说："以前没戏，我自己心里也知道，就是找着玩。但我觉得今年肯定有戏，今年跟往年不一样。"

我问哪不一样。

俊辉说："你没听说吗？说在咱这里发现了建文帝'朱之文'住过的房子，新闻上都登了，说省里的专家要来考证。千古之谜都要解开了，还差我这一个吗？"

我实在听不出这两者之间有什么必然的联系，我纠正他，是"朱允炆"。

"反正就那个皇帝，他就在这里。"

说这话的时候，俊辉眼里闪着希望，好像势在必得。

陪外婆住院的时候，小舅跟我闲聊时说起过，在我们小镇周边发现了好几处明朝遗迹，尤其是几处碑文，上面似乎提到了建文帝，加上在周边县里又发现了规模宏伟但不存在于历史资料中的古堡群地基，专家断定，这些古堡绝非当年县里的人力物力所能建成，专家怀疑这里曾经作为建文帝逃亡路上的避难所，甚至也有当地专家提出，建文帝朱允炆很有可能终老于此。

为了进一步确认，省里派专家组下来考察，小舅作为当地干部负责接待，这事在小镇上引起了不小的轰动，加上小镇上的确常年流传着关于建文帝在这里骑马落水的传闻，一时间好像人人都成了历史专家。

在我的想象里，朱允炆衣衫单薄，常年的奔波逃亡使他瘦弱，几乎要瘦进风里，他尽量不引人注意，有时候不得不和别人擦肩而过，他就赶紧躲进风里，藏进去，几乎隐身。他身边的仆人和他一样干瘦、疲倦，但又勇敢坚韧。

此刻，他们或许正在经历一场追杀，身后几个仆人已经被砍翻在地，倒在血泊里。朱允炆骑在一匹瘦马上，一路奔命，跑到桥上。马屁股上中了一箭，马惊了，跳起来，瘦弱的朱允炆抓不住缰绳，被马颠下去，从桥上跌落，一头扎进水里，激流淹没了他，也救了他。

很久之后，他爬到岸边，湿透的衣服紧贴在他身上，风又冷又硬。他举目四顾，这里是荒蛮之地，杂草丛生，许多人面目不似中土人。这里的一切跟他以前的生活经验完全不同，他如今孤身一人，前途晦暗，连活着都成了一个问题，身后没有强势的爷爷庇佑他，只有不远千里想要他命的叔叔。他的人生从逃出皇宫开始，就再也没有了归途，他回不了家，也不知道该去哪，只能像一朵蒲公英一样被风吹着跑，不知道终将停留在哪里。

想到朱允炆湿着身子走在风里的时候，不知道为什么，让我又想到了俊辉，朱允炆和俊辉突然就拥有了同一张脸。

我好像就在身后看着他，看着朱允炆，也看着俊辉，我感觉很快我就要成为和他们一样的人了。

我从胡思乱想中清醒过来，俊辉已经把我送到家，他说："过两天再找你。"

晚上，我好不容易睡着了，又做了个梦，梦见我、朱允炆和俊辉在一张桌子上吃饭，饭不好，粗粮，但朱允炆吃得精细又贪婪，就像梁家辉在电影《棋王》里吃那一饭盒米饭一样，一粒也不肯落下。

外婆的病情越来越严重，白天大部分时间也都在昏睡，偶尔醒来看我一眼，紧接着又沉沉睡去。

趁她睡着，我出去买生活用品。

我骑着小摩托车行驶在我从小长大的小镇上，突然反应过来，我记忆中有一些山已经被削平了，原来山的位置建起了楼房，高低错落。我眼前有点恍惚，那些我记忆中的小山突然就和这些楼房重合了，我胡思乱想，人要是住进了那些房子，是不是就等同于住进了山里面？

回来的路上，我遇见了我爸，他看起来精神焕发，我想这是因为他终于有了梦寐以求的儿子。浑身透着喜悦的他，跟我正在衰老破败的家格格不入，但我好像也已经不在乎了。

他问我："回来怎么要这么久，你工作怎么办？"

我说："辞了。"

他说："外婆有儿子，有女儿，你只是个做外孙女的——"

我不想听他接下来的话，我说我还有事，扭着油门走了，把他留在我身后，就像当年他把我留在身后一样。我和我的父亲,几乎在每一条路上,都重复过这种分道扬镳。

我想起儿童福利院女院长教俊辉念的那句话:人的仇敌就是自己家里的人,我好像有点懂这句话的意思了。

外婆走的时候是一个下午。

她靠在床边睡了很久,几乎要从床上掉下来,我去叫她起来,她睁开眼看了我一眼,我看着她嘴角好像有笑,她没说话,我听见一声很轻微的叹息,从她衰老的身体里发出来。然后她慢慢把眼睛闭上了,身上的病痛终于也和那声叹息一起离她而去。

那天阳光正好,是多雨的南方又一个难得的好天气,阳光透过许久没擦的旧玻璃漫射进来,把她的身子晒得很暖很暖,我握住她苍老的手,粗糙,斑驳,但又让人觉得安全,跟我小时候握的感觉一样。

我没哭,我把她抱起来,轻轻往里面放了放,她已经很轻很轻了,就剩下那么一点点重量,几乎可以躺进我掌心里。

我脱了鞋,躺在她身边,瑟缩在她怀里,最后一次和她一起晒太阳,我睡着了。

我看到我身体里许多建筑都在肉眼可见地坍塌,我童年有一个漂亮蚊帐的小屋,外婆一砖一瓦搭起来的鸡窝,我们一家三口一起吃饭的客厅,老旧的房子,一切都在坍塌,速度越来越快。我眼睛模糊,脚心传来震颤,我站在那里无依无靠,不知所措,我成了一个小女孩,站在废墟中号哭,哭得冒鼻涕泡,呆呆地看着我身体里烟尘四起。

外婆出殡当天,所有人都在哭,我只是感觉疲倦,我看着那些纸钱一点一点烧化,烧成飞灰,向着天空飞扬,像是寄出的信。

俊辉来找我,他看着我,问我:"你想再兜兜风吗?"

我说:"想。"

这一次俊辉骑得极快,我听着排气管击破空气的爆破声,真好听,像放礼花。我看着车头上仪表盘的表针毫不犹豫地指向200,身后像是有人推了我一把,我感觉自己似乎在荡秋千。风像一个怀抱一样拥抱着我们,像在教我该怎么飞,头盔里的音乐声很大,但我什么都听不见,我所处的世界从来没有像现在一样安静。我好像能看清楚风的来路,路灯扯出无数条光带,牵引着道路两侧的小山和建筑,让它们都像风筝一样飘起来,飘向夜空,在我眼前争先恐后地碎裂,而后又重新组合,组成不可解的形状,像无数个只有我自己才知道的秘密。

外婆走了以后,我一下子闲下来,我自己找不到任何事情能把我的一天填满,幸亏这时候俊辉来了。

他告诉我:"我听说平头寨的山上有座盘古庙,很灵,求什么都能应验,你要不要跟我一起去拜拜?每个人都要求点什么。"

我和俊辉去买了纸钱香烛,俊辉神秘兮兮地拿出一沓卡片,递给我看。

我接过来,发现上面写满了姓氏:赵钱孙李,周吴郑王。这是一沓百家姓的卡片。

我不明所以地看着俊辉。

俊辉说："走，让盘古给我指条明路。"

开了两个小时，我们站在传说中的野山面前，四野无人，只有风声，山不高，但很陡峭，沿途几乎没有路。我们爬得很吃力，脚下都是带刺的野草，我的腿被划了一道口子，火辣辣地疼，俊辉看了没说话，俯下身在我小腿的伤口处吸了几口。我痛得身子抖了抖，差点摔倒，俊辉已经站起来，把血吐出来，跟我说，这样能杀菌。

沿途的山石上镶嵌着很多石碑，依稀可见上面的字迹，云根广荫、大清咸丰二年、平头寨记什么的。

俊辉问我："古人怎么这么爱刻碑？"

我说："大概就相当于我们现在爱发朋友圈吧。"

俊辉笑了，他今天似乎心情不坏。

爬了一个多小时，我们两个已经浑身湿透，喝光了我们带上来的水，终于找到了传说中的盘古庙。

我看着眼前所谓的盘古庙，有些失望，这里只剩下一些断石残碑，东倒西歪，完全没有一个庙应有的样子，只有一块断碑上刻着两个面貌模糊的神像，碑前还有烧了一半的香烛和已经腐烂的水果。

看来是这里没错，俊辉说："以前这里是个庙，一直很灵，后来被红卫兵给砸了。县里一直说要重建，但一直都没建成，但这没关系,不妨碍它灵。人蠢,但神不跟人计较。"

我们点了香烛,把纸烧化。

我站在那里,看着俊辉跪下来,他磕了个头,再抬起来的时候,脸上已经没有一点往日的戏谑,他看起来认真而又虔诚,从口袋里掏出厚厚的一沓百家姓卡片,对残碑上的盘古祈祷:"盘古大神,我没找到我的父母,但我想要一个姓,我不姓黄,也不姓龙,我不知道我姓什么,你给我一个姓吧。"

说完,俊辉学着周润发在《赌神》里的样子,手一抬,把手里的卡片扬起来,然后伸手狠狠地抓住了一张,他松了一口气,是个"赵"字,他看了一眼,似乎有点不满意,说:"再来一次吧。"然后去捡散落在地上的卡片,我弯下腰和他一起捡,把剩余的卡片塞进他手里。他看了我一眼,跟我说,再来一次。

我冲他点点头。

俊辉深吸一口气,又把卡片高高抛起来,然后伸手猛抓了一张,他先亮给我看,还是个"赵",俊辉看了一眼,终于笑了,他说:"以后我就姓赵了,我叫赵俊辉。"

我说:"你好,赵俊辉。"

赵俊辉给残碑磕了头,跟我说:"你也许个愿吧。我觉得灵,真灵。"

我跪下来,想了半天,却不知道该求什么,我说:"那就求求盘古大神,保佑朱允炆安然无恙地度过余生吧。"

俊辉听我这么说,呆住了:"可他已经死了啊。"

"那时候他还没死。"

斜阳正在往下沉,我说:"我们在这坐会儿吧,累了。"

俊辉说:"好。"

我们坐在山头,目送太阳掉下去,天一下子暗了,景物都有些阴沉,一起风,周围也没有蚊子了。

俊辉问我:"你交男朋友了吗?"

我说:"刚分。"

俊辉点点头,没说话。

我把头靠在他肩膀上,他瘦弱得很,身上有烟和槟榔的味道,我说:"你以后别抽烟,也别嚼槟榔了。"

他笑了,问我:"接下来你想干什么?"

我说:"我想把身体里塌掉的房子都建起来。"

他愣了一下:"啥?"

下山的时候,我跟俊辉说:"我们换条路吧,山那边好像我们没有走过。"

俊辉说:"好,探险,我喜欢探险。"

下山更吃力,俊辉紧紧地拉住我的手,提醒我别再被划伤。

这条路更野,看起来走的人更少,我们置身其中,在茂密的植物中间穿梭,像掉进了一个武侠片里,还是胡金铨拍的那种。

走了很久,我感觉口干舌燥,我们终于下了山,我听到有流水声,俊辉突然往我脑后的方向指了指,他的意思是说:你看,那有座桥。

我看过去，那里有条很窄的小河，窄到几乎不需要桥，但那里还是有座石拱桥，横跨在河上。

我们走过去。

石桥很古朴，上面长满了青苔，踩上去很滑，仔细一看，才发现石桥由颜色各异的石板组成，看起来是用不同用途的石料拼起来的。

俊辉突然蹲下来，用手擦掉石桥上的一处青苔，石桥上有字迹露出来。我蹲下来看，这才看清楚，石桥上竟然镶嵌着一座墓碑，墓碑的石料森青，看起来用料很考究，想来是平坟运动之后，被造桥的人搬来这里，充当石料。

墓碑上有字，我和俊辉一起辨认，慢慢认出了上面刻的字：故祖考赵公临浦大人之墓，孝子×××、贤孙×××叩立。

俊辉抬头看了我一眼，我看着他眼眶"唰"的一下红了，眼泪从他眼睛里涌出来，他说："看来我是真的姓赵，盘古没骗我，这块墓碑就是我祖先的墓碑，我有家了，我也有姓了。"

俊辉说完，突然号啕大哭："我有姓了！"

我呆呆地看着俊辉，看着他哭得弯下腰，他趴在桥上，脸紧紧贴在斑驳的石碑上，哭得很大声，哭声回荡在群山里，远处隐隐有回音传回来。

我看着他，突然觉得很伤心，我也跟他一起哭。

我们两个人的哭声此起彼伏，吓飞了很多鸟，但哭出来感觉很好，真的很好。

　　等到我和俊辉都哭痛快了，我问他："要不要把墓碑取下来，找个地方安葬?"

　　俊辉说："就在桥上吧，在桥上挺好，总有人要过桥的。"

　　我点点头。

　　我们往回走，此刻夜幕已经降临，几乎看不清来路，但还是有一些微弱的天光映照群山。俊辉去撒尿的时候，我回头往群山深处看了一眼，暮色中，我隐约看到了一个人，头发很长，穿着明朝的衣服，骑在一匹脏兮兮的白马上，身形单薄，几乎要瘦进风里，我看不清他的脸，但他向我这里看了一眼，像是认识我，然后他昂然纵马，跃入暮色之中的群山深处，向着某一个方向，渐渐消失不见了。

有时候我会想，如果我出生的时候就有父母，

有他们赐予我的姓名，该多好！

但有人找到了自己的姓名和父母，却陷入另一种挣扎。

初 生

李尚龙
作 家
飞驰成长创始人

1

　　我曾以为自己活在月亮上，可在我十八岁那年，想过终结自己的生命。

　　我想过以很多方式了断，最终决定吃安眠药投海。这是一个好的方式，舒舒服服睡在大海里，和海水融为一体。每一个十八岁的孩子，可能都有过这种想法，因为成年的冲动和对未来的不确定，但在我看来，这都是无病呻吟。大多数人都只是为了吸引异性的注意力，想通过这种行为标榜自己勇敢或者活得通透。真要面对死亡的时候，跑得比谁都快。

　　我是在一个冬天决定去三亚的，那里的阳光好。我买了一件蓝色衣服，蓝色代表蓝天，代表大海，代表纯洁，代表希望。生命最后一刻能看到阳光，我想我能笑着离去。于是，我飞到了三亚，把剩下的积蓄以我弟弟的名义捐给了石家庄的孤儿院。

初　生

　　临了，我吃了一顿海鲜，吃了一个大椰子。我顺着海边走，绕过人群，特意找了一个没有人的海湾，坐了下来。

　　我拿出准备好的瓶子，打开，吞食了一些安眠药。

　　我在睡着之前发了条微博，跟那些爱我的、恨我的、心疼我的、质疑我的网友说了声再见。

　　我的眼皮越来越重，于是用最后的力气起了身，一步一步走向大海。我想起那个男人和那个女人，想起了养父母、我的朋友和那些素不相识却在网上疯狂攻击我的人。我一步一步向前，裤脚和鞋子已经被打湿，回过头，周围已经来了好多人：有一个三十多岁穿着黄色衣服戴着鸭舌帽的男人，一个不高的男人，一个在海滩上画着什么的人，一个坐轮椅的老人……

　　我忽然想起，今天是我十八岁的生日。

　　唉，别开玩笑了，我也不知道我到底什么时候生日，我甚至不知道我是不是应该出生，但这都不重要了，我就在这时离开吧。

　　再见了，世界，再见了，每一个人。

　　烈日当头，时不时有海鸥飞过，我看着蔚蓝的大海和脚下的浪花，好像看见了一头蓝鲸在天空中飞翔。想想自己破败不堪又一无所有的人生，忽然觉得挺好笑，我仿佛看到了一个小丑在努力过着自己的一生。

　　好像只有死亡，才能让我轰轰烈烈不负年华。

　　我越走越深，脑袋越来越重，正是午后，阳光刺进我的双眼，我像是看到了天堂。天堂里，有我的爸妈，他们是我的养父母，他们身上有血，他们的脸模糊不清，他们冲着我招手。

我也看到那个女人了，不，她不是我妈妈，我从来没有叫过她妈妈。

记者在的时候，我也只会叫她："欸！"

她也只会在记者在的时候冲着我笑，记者不在的时候，她会跟我说："你找买你的那对夫妻去，要不是他们，你能卖到更好的家庭去。"

什么样的人，才能说出这样的话。

我感到自己的脑袋越来越轻，冬天的海水越来越温暖。

"妈妈。"我轻声说，心如刀绞，"既然不想要我，为什么当初要生我啊？"

这是我第一次叫她妈妈，我想她也听不见了。

我一步步走进一望无际的蓝色，安眠药发挥了作用，我感到腿一软，然后一头扎进了海水。我在海水里呼吸，尝到了海水的苦涩，如同过去十八年我的生活。

再见了。没什么可留恋的，也没什么值得我继续微笑。安眠药的作用让我栽进了大海却没任何力量可以扑腾，我也不想扑腾，睡一觉，就到世界另一边了，我可以走得很安详。

没过多久，我沉入了海底，眼前一片黑暗，有鱼儿从眼前游过，海水进入身体，我本能地扑腾了两下，闭上了眼。

有人说人死前这辈子的事情会像电影放映一样在眼前浮

现，其实死前脑子一片空白，就像睡觉，只是再也醒不来了。

我以为我死了，可是，等我醒来时，我却躺在海边。

我为什么还活着？谁救了我？伴随着一阵阵呕吐，忽然，我听到一首歌："一闪一闪亮晶晶，满天都是小星星。"

转头一看，是手机铃声，再定睛一看，身边有一部手机。这不是我的手机，是谁的？

我用尽全力翻滚过去接了电话，电话那头是120："请问你还好吗？你在哪儿？请告诉我位置！"

我感到口干舌燥，什么话也说不出来，半天，才憋出两个字："救命……"

我并不是不想死，而是在我失去意识的时候，我清楚地听到，有一个声音告诉我：初生，你要努力活到三十岁，那时，会看到更好的世界。

说完，他就拼命把我往岸上拉。

我要知道他是谁，他是我的救命恩人？不，不一定是恩人，但他救了我。他为什么关心我？我不应该没人关心吗？不行，我要找到他，这是我人生的使命，他一定跟随我到了今天，他一定是这个世界唯一理解我、关心我、爱我的人。

我要找到他。

你看过《楚门的世界》吗？楚门从一出生就有无数的观众，我的人生是不是也有观众？如果没有，那他到底是谁？

他为什么那么清楚地知道，三十岁的时候——也就是十二年后——我会是什么样？

这个救了我的人，你到底是谁？

我要找到你。

2

再次醒来的时候，我已经在三亚的人民医院了。挂着点滴，萎靡不振，连呼吸都困难，但不知怎么了，一个念头植入脑海：我要活下去。

我的人生有了目标：我要找到那个人，我想活到三十岁，看看那人说的话是真还是假。

我叫初生，这名字是我父母起的。说是父母，其实是我的养父母。

是他们告诉我，我叫什么，我什么时候出生，我是哪儿的人。

那时，山西某个县城里的一对年轻人没有结婚，但女方怀孕了。于是，两人商量，要不要一直在一起。

聊到最后，女方说，你得去见一下我的爸妈。

男方找到女方父母，提出了结婚的想法。女方父母商量了一下，开了一个价：三万元彩礼。男的出不起这个钱，但是他和女方没有想过任何解决方案，比如打工、借钱，他们做出了谁也想不到的选择：把孩子卖了。

我听养母临死前跟我说过，那个时候人贩子很猖獗，一些女人和孩子被人贩子从一个地方卖到另一地方。

我就是其中之一。

所以，我叫初生。我姓李，我的养父姓李。

我不知道我是怎么从山西被卖到了河北，我也不知道他们当时怎么做的交易，那时我小，没有印象，只是后来才知道，我被卖了两万七千元人民币。我还知道，人贩子拿走了大头，而那个男人只拿到几千元。

这些钱，最终成了改善两人生活的彩礼，一番讨价还价后，两人结了婚。

没过多久，他们就已经忘记了我。

可是，拿到钱后，他们并没有好好生活，很快就离婚了。

我的记忆是从养父母家开始的，养父母对我很好，但我的印象不太深了，只记得家里是做烟花的。我们家不远的地方有一个仓库，里面堆的都是烟花，逢年过节前，爸妈无比忙碌。

还记得快过年的那天，我在家等爸妈回来做饭，就听到"砰"的一声，地动山摇。

我以为是谁在放冲天炮，继续蹲在地上玩沙子，那年我四岁。

后来，我去医院看母亲的时候，她身上缠满了绷带，像电视里的木乃伊，他们说："跟妈妈说最后几句话。"我不记得最后我们聊了啥，只记得妈妈最后的一句话是"你要好好生活"。

说完，她就不再说话了。

我看见她旁边的屏幕变成了一条直线，过了很久我才知道那是心电图。爸爸已当场被炸死了。此后，我和舅妈、姥姥生活在一起。

也是过了很久，同学们欺负我的时候，我才知道，我成孤儿了。

因为是孤儿，因为家里穷，因为没有人关注，同学们很快就知道我没有依靠，我从小就被霸凌。

他们把我堵在厕所里，一拳拳打我，还让我去舔厕所的墙壁；他们围着我，对我拳打脚踢，一旁拍摄的人笑得前仰后合。

就这样，我忍到了高中。

因为没有父母，我学会了早当家，一边照顾自己和姥姥，一边学习。

老师知道我没有父母，把我叫到办公室，脱掉了我的裤子。

一开始，我以为是检查身体，随着一次又一次重复，我意识到不对。我的身体被折磨到痛苦，连上课都坐不下去。我回到家跟舅妈讲过这件事，舅妈一开始没在意，后来知道怎么回事后，来到学校找那个男老师对质。

还记得那天，舅妈很生气，她当着那么多老师的面破口大骂，那时我第一次听到一个词，叫"猥亵"。

没过多久，那个老师被开除了，而我的生活也恢复了平静。

随着长大,我慢慢懂得了"猥亵"这个词,我的胸口像是被压上了一块大石头,仿佛脑子里千万匹马死在跑道上,我憎恶那个老师对我做的事。

没多久,我患上了抑郁症,越来越严重,去看了医生后,医生让我按时吃药。

我一边吃药,一边坚持学习,虽然不喜欢那些同学,但我学习成绩很好,也很愿意在学校里读书,后来,老师们对我也特别好。我开始爱上读书,在学校里担任过主持人,担任过学生会主席,还当过班长,得过不少奖状。

在担任学生会主席的时候,我认识了肖小芳。

肖小芳喜欢跟我说话,她是为数不多愿意主动跟我说话的人,她总是鼓励我要好好学习。我感觉她爱跟我说话,因为她跟我说话的时候会笑,每次看到她的笑脸,就像看到了春天。

一次课间活动中,我们围成了一个圈,大家把排球击打给别人,别人再击打回来,半小时过去,也没有人传球给我。

只有肖小芳,给我传了两次球,传给我的时候,我都没接上,但我很开心。

下课后我问她:"你想吃冰棍吗?"

她点点头。

我请她吃了支冰棍。

她一边吃一边说:"今天其实是我的'好事'。"

"什么好事?"

她笑了笑,说:"你去查查。"

这是我第一次知道什么是"好事"。

我本来以为高中生活可以这样下去,但我的平静生活在半年前彻底瓦解,那天我又被几个人欺负了,他们说我是"野孩子","没爹妈"。

于是,我早回家了一会儿,竟然听见姥姥在打麻将的时候嘟囔了一句:"这孩子命苦,从小被卖过来了,现在爸妈也不在了,我身体也快不行了,要是不在了,他该怎么办?"

我才知道,我可能是被买来的。

我难受了一整夜,关着门,呜呜地哭。可是,天快亮的时候,我又笑了。如果是真的,这说明我的父母还在,我不是"野孩子",也不是"没爹娘"。

我想找到我的父母,我想知道我是怎么走到今天的,我想知道我是怎么来的,说不定他们也在找我。

我的脑子越来越清楚,突然一堆问题浮现了出来:他们身上有我生活的答案。

不行,我要找到他们。

我想找爸爸妈妈不是因为我爱他们,我都不认识他们,而是看别人都有爸爸妈妈,我没有,心里挺难过的。为什么我没有呢?

于是我上网发消息,寻找线索,可是都石沉大海。后来我想起自己小时候有一本打疫苗的手册,我问姥姥要,她找到手册后，才发现泛黄的资料上写着我的原名，我根本不叫初生，也不姓李，我姓丁。

活了这么久，我竟然不叫这个名字。真可笑。可是，更可笑的还在后面。

疫苗接种手册上，写着我亲生父母的名字。

我欣喜若狂，开始在网上搜索，还发了条短视频，希望可以找寻到我的亲生父母。谁能想到，我的短视频火了。最后我通过一份个体户注册信息找到了自己的父亲。

我报了警，寻求山西警方介入。警察很给力，没过多久，通过 DNA 鉴定，我确定了自己父母的身份。

他们真的是我的父母，太好了，我重生了。

我不是"野孩子"，不是"没爹娘"，我有父母了，他们说不定也在找我。

可我高兴得太早，他们好像并没有那么高兴，他们已经分别有了自己的家庭，日子也都过得不错。一开始他们并不愿意认我，正当我陷入无助的时候，我那条抖音视频竟然越来越火了。

随后，好多媒体想要采访我。

在无数媒体的邀请下，我见了其中一家。他们的主编跟我说："我可以帮你和家人见面，你愿意配合我们吗？"

"我能怎么做？"我问他们。

"我们来策划一起新闻事件。"

在这家媒体的策划下，我的爸妈和我见面了，他们同意"接见"我了，还带我分别见了弟弟妹妹，我给弟弟妹妹都买了礼物。弟弟只有八岁，我和弟弟很投缘，买了一支冰激凌给他吃，弟弟看着我说："哥哥，你先吃。"于是我先吃了一口，然后他才津津有味吃了起来。

在摄影机的监督下，我见了满屋子的亲属，在豪华的酒店里参加了妹妹的生日会，热热闹闹，人气十足。

我们拍了照录了抖音，我也拥抱了他们，他们俩很开心，可是风头出完，照片拍完，话说完，接下来的事情是我完全没办法想到的。

故事有了大结局，公众满足了听故事的欲望，媒体退去，热闹散了，而我要开始生活。

我哀求他们俩，能不能给我提供一个固定的居所。

我没有说任何和房子有关的事情，更没说买房子，我只想有个住所，别的孩子都有，我为什么不能有？

我可以有个家，哪怕只是个住所吗？

我想和正常的孩子一样，不被欺负。

即使他们俩都有自己的生活了，我也不介意，我只想有个挂念，有错吗？

可是，他们你推我，我推你，谁也不理我。

最后，他们俩一起拒绝了我，因为这一回，没有群众围观，没有媒体监督，他们恢复成了十八年前的模样。

他们拒绝承担责任，拒绝承担养育我的责任，最重要的是，关于爱的责任。

正当我不知如何是好时,我的亲生母亲竟然给采访过自己的媒体发消息,说我逼问他们要钱,要好多好多钱,要买房,要他们都离婚……

可是我去山西的时候,她连门都没让我进,我就在外面的酒店里住了好多天,要不是弟弟求情,我连院子都进不去。我只是在院子里陪弟弟玩了几个小时。

后来,我问那个女人,为什么要抹黑我? 她竟然亲手把我拉黑了,这回不是抹黑,是全黑了。

可笑,太可笑了。

这些事情,他们都指向一个意图,和十八年前一样的意图:不想承担责任,这个孩子和我无关。

所以他们抛弃了我,他们为了自己抛弃了我。

我不懂,他们没想好,为什么要生我呢?

随着事件的发酵,我的孤儿补助被停发了。可我只有十八岁,我并不能自己养活自己,我该怎么办?

于是,我再次诉诸网络,我把这个女人跟我的聊天记录发到网上。

可这一回,漫天的谩骂冲着我而来,网友们说我骗钱,说我心机深,说我不是省油的灯。我愣了好久才知道自己被媒体利用了,他们知道,只要抹黑我,说一些看起来很客观的话,就会让网民产生分歧。网民只要产生分歧,就意味着流量进来了,流量可以卖广告，广告可以提高现金流，现金流可以让媒体赚得盆满钵满。

接着，连续有媒体刊发所谓寻亲少年索取金钱的新闻，并长期置顶，也就是这一系列的报道，引发了网友对我的进攻和谩骂。

我没有办法，只能一次次还击，可我解释不清楚，他们人太多了。

我有什么错？

于是，我发了条微博，我说，我要起诉。

就在我说起诉后没多久，通过平台再次发酵，我又被通知恢复孤儿补助了。

对我来说，这短短几周里，像是坐上了过山车一样，可是，这不可笑吗？我的亲生父母还在世上，我却还在领孤儿补助。这到底怎么了？

我想起其他可能也被卖掉的孩子，不知道该怎么做，我只是不希望他们承受和我一样的痛苦。

这一仗，我一定要打。

可是，越来越多的人在网络上谩骂我，他们不分青红皂白，不管是是非非，只是一副正义凛然的样子，我看不清他们的面孔，因为他们在道德的聚光灯下格外刺眼。

那光，让我看不到每个人的脸。

在遭遇网络暴力后的第七天，我有点忍不住了。

我一个人来到了三亚,我想终结我的一生。就在今天,我的成年礼,我想告别这个世界,告别这不堪一击的十八年。

后来的事,你们应该都知道了,我没死,被人救了。

所以,救我的人,是谁呢?

3

被救后,我看透了很多。

比如,明白了那些叫嚣着自杀的人,往往不会自杀;真正想死的人,都是默默去死。

就好比,那些看我发了微博最终发现我还没死的人,肯定认为我是故弄玄虚。

有人说死后有天堂、死后有地狱,死后其实就是死了,死了就是这世间的灯红酒绿与自己无关了。

人或许只有死过一次,才知道生是多么珍贵。

如果我死了,的确可以减少那些网络暴力,因为我可以证明我是清白的,我没有找那个女人和那个男人要房子。

我也可以得到更多人的支持。

可惜的是,我听不到也看不到那些支持了。

但我要不死,又会看到那么多谩骂和质疑。

这世界多么矛盾。

我在医院里住了将近一个月，洗了胃，回到了石家庄。我决定，不再理这两个人了。

他们既然不要我，我也当不认识他们了。我的未来，靠我自己。我已经十八岁了，是一个顶天立地的男人。

几天后，我在微博上发了信息：

"感谢网友的关心，我不准备起诉了。"

微博上还都是这样的话：

"不是要死吗？还在消费我们？"

…………

算了，我也不上网了。为了弟弟妹妹，我不起诉了。因为我知道，就算赢了，又有何用；如果输了，心里更难过。算了算了。"算了"真的是一个伟大又智慧的词汇，只要能算了，就能有希望。

出院后，我去了趟舅妈家，舅妈说："媒体派人又来了几次，你还想接受采访吗？"

我摇摇头。

我看见窗外的树上已经长出了绿苗，心情和天气一样晴朗。

"你觉得我爸妈如果健在，希望我变成什么样啊？"

"希望你好好活。"舅妈摸了摸我的脑袋说。

"什么才叫好好活啊？"

"至少，高考考个本科吧。"舅妈说。

　　我陷入了沉思,快高考了,高二这一整年,我都没好好学习,我还来得及吗?

　　"本科难吗?"我问。

　　"对你来说,肯定不难。"舅妈摸摸我的脑袋。

　　那天夜里,我又失眠了,吃了好几片药也没办法入睡。辗转难眠,打开手机,看到那条关于自杀的微博,他们还在骂,说我假心假意就是想要钱,说我炒作,说我也不是好东西……

　　那一句句话,像一把把刀子,扎进我的心脏。

　　我该怎么做,才能解释明白。

　　算了。我删掉了那条微博,我决定试试考本科。既然定了目标,就试试吧。

　　第二天,我拿出了好久没打开的课本,开始一个字一个字学,我不能放弃。

　　高二结束的时候,班上组织了一次班会叫:我的梦想。

　　每个同学都上台说自己的梦想。说是梦想,其实就是憧憬一下高考考多少分,上哪所学校。

　　这算是什么梦想?

　　如果让我说梦想,我希望我的爸妈当年不生我,我的养父母能起死回生……轮到我的时候,我踉跄地走上台,我说:我的梦想是考上本科。

　　我还没说完,台下一片"欢声笑语"。

　　我感觉一切都在变模糊,在台上待了好久,才意识到应该下来,这感觉好真实。

　　没有人相信我能考上本科,所以,我应该相信吗?

　　我咬着牙,看着其他同学上台演说着自己的梦想,心里暗暗发誓:

　　一年后,我要好好地高考,考上一所好学校。

　　不就是考本科吗? 我一定能考上。

4

　　"我相信你,你一定能考得上。"那次班会后,肖小芳坐在我的面前,跟我说。

　　肖小芳一头乌黑的秀发,闪亮的大眼睛,高高的鼻梁,小巧可爱的嘴,个子不高,一副内向的模样。她喜欢穿白色的球鞋和连衣裙,笑起来眼睛像水一样,脸蛋像红苹果,嘴唇像樱桃。见到她,就像是见到了我的春天,一切都发了芽。

　　"你不会是因为我请你吃了冰棍才这么说的吧?"我说。

　　"你最近也没请我吃啊。"她说。

　　"你想考哪儿啊?"我问。

　　"考北京,我爸妈说的。"她说。

　　"北京离我们远吗?"我问。

"不远,我们从这里到石家庄也就两个小时,从石家庄到北京也两个小时。"她说。

"要四个小时啊。"我说。

"那也不远啊。"她说。

"那我也想考北京,我们一起努力吧。"我说。

我真的开始发愤图强,最后一年心无旁骛,白天好好听课,晚上还去打些零工。临近高考,因为总是熬夜,我的脸上起了好多小粉刺,闲暇的时间,我喜欢对着镜子挤那些脓包,每挤破一个脓包,我都在本子上画上一笔,当本子上写了六个"正"也就是脸上第三十个脓包被我挤破的时候,我终于迎来了高考。

高考前一天,我打开手机,发了条微博:"我要高考了,大家为我加油吧。"

"加油。"

评论区已经没有过去那么热闹了,但依旧好多人在给我点赞。

"还在蹭热度呢?"在无数鼓励中,一个网友的留言像刀子一样,又扎入我的心。

这些对我冷嘲热讽的人到底是谁？是为什么呢？我已经很久没理我的亲生父母了。

"我从未想找他们要房子,我就想有个家。他们不给算了,我自己找。更何况,那次媒体报道后,他们一分钱都没给过我,我的生活费都是国家给我出的,我的零花钱也是自己搬砖搬出来的。他们还想怎么样……"

　　我编辑完上面一大段话,想要反驳那个人,可是很快,我叹了口气,又删除了。

　　算了。老师说了,不要影响心情,等我高考完了,再解释。

　　一个月前的模拟考,我考了全班前十。老师说,我考本科肯定没问题。

　　我也这么想。我没有问题!

　　窗外的知了在唱着歌,树叶被风吹着"唰唰"地在跳舞。

　　走进了考场,老师发着卷子,我的思绪开始不老实了。

　　这一年,我成长了很多。我经常去工地搬砖,搬一晚上砖头能赚到二十元。我觉得搬砖是一件特别能锻炼自己的事情,每次搬完砖,都能浑身舒坦,直到有一次砸到了脚,后来用一只脚蹦跶了一个月才恢复。

　　我经常去离家不远的地方当服务员,一个周末能赚五十元,我可以买两盒巧克力,一盒给小芳,一盒留着下一次给小芳。

　　我还经常去发传单,发完一摞传单可以赚十元。赚到的钱,给小芳买冰激凌。我长心眼了,每次买之前,都会问她:"你今天有'好事'吗?"

　　小芳要去北京,我也要去北京,可是如果我考不好怎么办?

　　时间已经过去半小时,我还没有动笔。

　　小芳总是会在不经意间鼓励我,她说她看了我的抖音,说特别喜欢我拍的短视频:青春阳光。

她喜欢我吗? 我是喜欢她的。

可我这样的家庭、背景,连跟她表白都没有资格。

可她如果去了北京我没有去,那我不是就失去她了吗?

不行,我要好好答这张卷子。

我忍了一年,就是为了这一天。我要让所有骂我的人看看,没有你们,我依旧能考上本科。

可是,一年过去了,这些网友为什么还要骂我?

我开始凌乱。

我要让那两个抛弃我的人知道,没有他们,我也能很幸福。

铃声响了,我还没答完。

那两天,每一个考生都在紧张地答题,每一个字,都投射着自己的命运。从选择A、B、C、D到填空判断,我根本静不下来,我能在脑子里放大无数倍老师的高跟鞋和地板的摩擦声,我能听到考场里有人干咳的声音。

这些声音,都像是网上骂我的话:

"去三亚旅游,跟父母的钱无关?"

"穿着麦昆的鞋子去三亚旅游,然后哭诉自己没地方住,你可真是够有心机的。"

"父母不懂事,孩子也不讲理。"

"踏踏实实做个孤儿多好,领着国家的补助,自己毕业找个班上。这整得像个网络乞丐一样。"

"你寻亲的目的是什么？寻仇吗？"

"学校不能住？没钱自己租房？姥姥家不能住？刚认亲就要那么多，没感情。"

"手机还是新款。"

…………

我感觉窗外的蝉叫变成了谩骂，树叶变成了尖刀。

我没有办法集中注意力，所有的数学题都像是脏话，所有的语文题都像是诅咒，所有的英语单词题都是看不懂的字符，连我擅长的文综题也都是一段段嘲笑。

这两天，如遭梦魇。

高考结束后，我拖着疲惫的身躯看到了从考场出来的肖小芳："你考得怎么样？"

她哭了，说："考得很差。"

我说："大不了我们复读。"

她没有接我的话，我看到她爸妈开着一辆"四个圈"的车把她接走了。

而我在家躺了三天三夜后继续去餐馆刷盘子去工地搬砖，我有种不祥的预感，应该是考不上本科了。

不过想到如果可以和小芳在一起复读，也是幸福的。

几天后，分数出来了。

她考上了北京的学校，我落榜留在了当地。

我还是没考上本科，留在当地上了一个大专。

但我相信，我能养活自己。

本是泥土里来，要回泥土中去。

本就贫寒，于是甘于平凡。

5

我对大学是充满期待的，新的环境，新的人，重要的是过去一切都清空，从零开始。他们记不住我，我也可以选择忘了他们。

军训的时候，我认识了王伟，这个站军姿时眼珠子一直都在转的男人。

军训的日子很苦，每天都要站军姿走正步，头一天晚上，我在一家餐厅刷碗，那天很多人聚餐到很晚，我一直到凌晨才回到宿舍。第二天早上又起了个大早，在站军姿的时候，我突然晕了过去。

这时王伟背着我就往医务室跑。

在医务室的床上休息了一会儿，我就缓了过来。

"谢谢你啊。"我醒来后说。

"不用谢我。"他说，"要谢就晚点醒来。"

"什么意思?"我问。

"你醒得那么快,还想继续回去站军姿昏倒吗?"他玩着手机,头也没抬。

我俩"噗嗤"一声,都笑了。

"你是哪儿人?"他问我。

"我是山西××县出生的。"我说了个又熟悉又陌生的地方。

"我也是。妈呀,我××县的,离你二十公里的路。"他放下手机看着我。

我第一次直视他,他单眼皮,小嘴巴,眼睛不停地转。

"是吗?"我并不开心,因为我就去过一次那个县城,住在酒店里两三天,在院子里陪弟弟玩了几个小时,那个男人和女人没有让我进家门,我在县城里也什么都没玩。

"你觉得县城里好玩儿吗?"我问。

"鸟不拉屎的地方。"他开始继续玩手机。

他说完,我俩又"噗嗤"笑了。

军训最后的科目是拉练,一天要走二十公里的路,拉练前几天,王伟偷偷跑出校门,去二十公里外的批发超市买了一大箱子卫生巾。

还让我帮着一起背了回来。

我说:"你疯了。"

他说:"你帮我背,我赚到钱,请你吃饭喝酒。"

拉练前,小卖部所有的卫生巾都卖完了,他在宿舍门口摆摊,一片卫生巾进价一元,他卖五元。

"谁会买？当大家傻吗？"我说。

可是，没过多久便被抢售一空。

"为什么女生们来'好事'这么集中？"

"怎么一买就买两片？"

"怎么男生也买啊？"

…………

我问了一堆问题，而他赚了好几千元。

拉练结束后，我才知道，不知是谁说的，把卫生巾贴在鞋垫上，二十公里走完不疼脚。我没有贴，也不觉得疼，只是觉得王伟这家伙，太有商业头脑，简直是个"奸商"。

但离我夸他没多久，他又把赚的钱亏了。

他听说英语四六级考试需用2B铅笔，于是把所有赚的钱又去批发市场买了2B铅笔。结果学校在考试前说，学校提供2B铅笔。几千元，就这么砸在手里。

王伟第一次请我喝酒，是在大一快结束的时候。他倒卖四六级考试的卷子，赚了好几千元。他让我在厕所跟他接应，我没有答应。

他说："晚上我请你吃饭喝酒吧。"

"行。"我说。

他这才圆了一年前的话。

那是我第一次喝酒，喝完我就哭了。我想到了很多事，有苦的，有甜的，但大多数都是苦的。

初　生

酒真是个好东西,一开始你感到苦,后来你感到晕乎乎的,晕乎乎之后你会感到心里苦,睡着后就都忘了。

我不停问自己,我这样能活到三十岁吗?

生活如果这么苦,为什么十八岁那年,有人在我耳边说那么一句话?

救我的人到底是谁?

想着想着,我就睡着了。

上大学后,我的心情很糟,尤其是害怕放假,他们放假都可以回家,我只能找一些零工去打,好度过这个别人团圆的日子。每次放假后,我的精神状态都会糟糕很多。于是,我又开始吃抗抑郁的药。就这样,我实在没办法继续上学,休学了一年。

休学这一年,发生了不少的事:舅妈离婚改嫁了,我和她也联系得少了;姥姥也在这一年病逝了,我负责她的后事,送她去殡仪馆,火葬,收拾好她的骨灰,入土下葬。直到最后,我都没有流眼泪。

谁说去那边不好呢? 我想去那边。

一年后,我的状态终于好了些,于是我重新入学。

这让本是三年的专科,变成了四年。四舍五入,我读的也算是本科吧?

大学生活中最开心的事情,就是在没课时可以去趟北京看小芳。若不是因为小芳,我可能就对这个世界失去信心了。

在我病的时候,也是小芳经常给我发信息。后来,我经常和小芳见面,她是我的希望。因为高铁提速,去北京从四个小时变成三个小时,来到她的宿舍楼下,见她一面吃个饭,再回自己学校往往已经是夜里。

小芳也会跟我说"晚安",也会问我最近怎么样,我觉得,她是喜欢我的。

我反正觉得是的。

每次进城,我都带着浓浓的希望,每次离别也都感到无比的甜蜜。

我经常去看她,有时候一周一次,有时候一周两次,打工赚的钱几乎都用作了路费,这样坚持了一年。只是,她从不来看我。

忽然有一天,她不让我去了。

我听她的朋友说,她恋爱了。

知道这件事后,我的情绪竟然很平和。的确,她值得更好的人爱,是什么人可以配得上她呢? 无论如何,我没办法给她带去幸福。

我没有哭,我还是微笑着在校园里听课、打球、看书。

只是我的生活里少了北京,少了那来回几个小时的路,周末不知道去哪儿,人生也不知去哪儿了。

哎,失去就失去了,我要努力活下去。

或者,我从来没有获得过。

那又如何？她开心就好。

我要找到那个救我的人。

可是谁能想到，毕业前几天，她突然给我发信息，问我最近为什么没去看她。

我不知道发生了什么，我说："周末你有空吗？"

"我现在就有空。"她说。

她又问我："那你现在来陪我吗？"

我不知道自己哪里来的勇气，立刻起身翘课跑到了北京。三个多小时后，我大汗淋漓，在她的宿舍楼下等她。

我看见她穿着白色的裙子慢慢走下来。

这真的像是梦一样，就在那天，我感觉她像一只受了伤的小鸟，我却没有问她任何话。她一会儿用肩膀贴着我，一会儿用手打我屁股，我想跟她聊聊过去现在和未来，她却一直让我看周边风景。

临走前，她突然亲了我的脸。什么意思？

不管了，总之，那一刻，我觉得世界都融化了。

我坐在公交车里，靠着窗户睡着了。

在毕业前的最后几周里，我每周都去北京，这座城市透着浓浓的温暖和家的味道。我终于知道，那人为什么让我活到三十岁了，是为了让我体会到这种美好的感情。

最后一次去她学校时，她说："我也去你学校看看你吧。"

"什么时候？"我问。

"下周。"

我拼命点头，感觉脖子快要断掉。

天啊，她主动要来看我了。

她来之前，我一夜未睡。她来的时候，我脸红得一句话也说不出来，我就这样陪着她逛我们的学校，没有太多话，但许多愿望呼之欲出。

我看着她吃饭，用手机记录她的每一瞬间，她蹦蹦跳跳在这夏天里，像是一只野兔。

云彩一会儿一个样，没多久，变成了红色，太阳快要落山了。

"那我走了。"她说。

"哦。那你到了告诉我。"我说。

"嗯。"

看见她上车，目送她离开，我的拳头里攥满了汗水，我跳了起来，一次次跺着脚，在原地跳起了舞。

"等我赚到钱，我们就结婚吧。"这句话我压在了心里，没说出口。"结婚"这个词，太沉重，但我要赚钱，我要买房子，我要和她一起有个家。

这是我的梦想，我有梦想了——有个家。

我要和她一起生个孩子，我会全心全意对孩子好，无论这孩子未来想要做什么，永远不抛弃他！

随着学士帽被抛向空中，小芳毕业了，我也走入了社会。

王伟在毕业前被开除了，因为倒卖四六级考试卷被学校抓了,学校没收了他的作案工具,全校通报并开除了他。

他回老家前跟我说:"等哥们发达了找你。"

毕业后,小芳陪我过了个生日。从北京回河北的路上,又冷又累,我拿出手机,竟然收到了那个女人的生日祝福,她把我加回好友了。

她问我:"方便吗?"

我说,方便。

拨通电话后,我才知道,她癌症晚期,没多少日子了。

我们寒暄了几句,就挂了电话。

我感觉一切都来得好突然,就像一切都没存在过一样,如人的生命,来去之间,和世界没有关系。

我看着高楼大厦越来越少,看着人群越来越稀疏,我看着窗外从灯红酒绿到暗淡无光,我看见窗户里倒映的自己,突然哭了。

电话里,她说,她对不起我,几年前,不应该跟媒体那么说我。

她说,她就是想过自己的生活。

挂电话前,我问她:"你后悔生下我吗?"

她说,她最对不起的,就是抛弃了我。

她还说了些其他的话,我都没听进去,只是听她在电话那边哭,哭个不停。

我是挂了电话后哭的,不是因为心疼她或者心疼自己,而是这一刻,我终于把自己洗白了。

可这个时候,网上已经没人关心我了。

那些骂我的人呢? 你们在哪里?

6

她曾是我的希望,却让我心如死灰。现在我的心没有希望,也没有欲望,只有小芳。

但只有活下去,才能看到更多希望。

日子还要继续,我还要好好生活,我要努力赚钱。

毕业后,我去了一家工厂打工,流水线工人,一个月三千元。我省吃俭用,一个月可以省下两千元。再做一些零工兼职,一个月能有三千元的存款,一年能存下三万多元,三年我就可以有十万元的存款了,足够在镇上付首付买套房了。

如果运气好,晋升了,涨工资了,就可以提前跟小芳报告喜事。

有希望的日子里,心像鸟儿一样,飞翔在天空。

这些年世界变化好快,起起伏伏,人生海海,我看到过好多不一样的世界。我还是会回想起十八岁的那个冬天,在三亚海边的那个少年。如果那时我就死了,恐怕看不见这么多的人情冷暖。

　　我和小芳还在联系,虽然不怎么频繁,但总归是念想。毕业后,她进了一个写字楼当白领,我也不知道她在北京怎么样了,我听不懂她的工作是做什么的,也不好意思问。

　　我们从一天联系一次,到一周一次,再到一个月一次,如今,我们已经三个月没有联系了。岁月好像把我们冲淡了,但对那一吻,我反而印象更深刻了。

　　我们工厂效益变差了,听说是现金流断了,几个月没有发工资。

　　就在这时,一家工厂的前辈告诉我,她投资了一个产品,一年百分之二十的年化收益率。

　　我问,什么是百分之二十年化收益率?

　　她说,也就是放进去一万元,一年后能多两千元。

　　我说,那我如果放进十万元,一年不是可以多两万元?

　　她说,那是必须的。

　　于是,我把我的积蓄都放了进去,那是我买房子的首付。

　　又过了一段日子,我所在的工厂倒闭了,我因为所有钱都在那个叫什么"P"的产品里,又拿不出来。所以,连续三个月没钱交房租,我被赶出来了。

　　为了活下去,我到处找工作。听说当骑手能赚钱,送外卖又可以锻炼身体,做得好的一个月可以赚到两万多元。这太适合我了。

于是，我成了一名骑手。

当骑手最痛苦的事情不是风餐露宿，不是下雨天和艳阳天，也不是遇到挑剔的顾客，而是每次我的手机响的时候，对方都是催餐的顾客，不是我朝思暮想的小芳。

一个月后，我终于受不了手机里全都是工作，用第一个月的工资买了部新手机，这部手机里只存小芳的消息，只要这部手机响了，就是我生活的最高优先级。

我有两部手机，一部接单，一部是她的专属。

虽然我们也不怎么联系，但这手机每次响起，都是温暖的，我把铃声设置成《小星星》，只要音乐响起，就是她对我的爱：

"一闪一闪亮晶晶，满天都是小星星。"

每次听到这首歌，都觉得自己在海边重生了。

我租了个小单间，又可以开始生活了。

二十九岁的这个生日过得特别"有趣"，没有人跟我说生日快乐，电话响的时候，我以为是新的订单。

没想到是我的前辈，她告诉我，我买的那个什么"P"爆雷了，问我要不要跟他们一起去给对方公司施压。

我问，什么叫爆雷了？

她说，就是你的钱拿不回来了。

我问，那怎么样才能拿回来？

她没说话，只是给我发来一个地址，然后说："后天，我们所有人在这里静坐。你一起来。"

我没有去，可是，我好端端的十万元钱，怎么会没了呢？

后来，我听人说，他们给了一个解释，说金融危机来了。

我相信，因为没过多久，王伟也被裁掉了。

王伟肄业后回到县城老家，先是折腾了几摊子事儿，后来都没成功，于是找了家厂上班，谁想到厂子把他"优化"了。

他来找我的时候带着一个任务：忽悠我去他的县城创业。

他问我："你有没有想过，回县城里创业？"

"你不是说那是鸟不拉屎的地方吗？"我说。

"但那里有机会啊。"他一边吃着我请的面，一边说。

"有什么机会？"我问。

"你想，我们那里什么多？老年人、留守儿童多，劳动力几乎都在外面打工。快递送到各个村的门口就不进去了，老人孩子要走很远才能到村口。"他吃完面，一个字一个字地说。

"然后呢？"我问。

"我们可以组织当地的劳动力把快递送到每家每户。"他说。

"给老人和孩子当骑手。"我补充。

"对啊！咱们可以去乡里当骑手，给留守儿童当骑手。这绝对是一门生意。"

"不感兴趣。"

"为啥不感兴趣？能赚钱啊。"他说，"现在就是创业的人能赚钱。"

"我不喜欢山西，我想留在河北。"

"为什么?"

"河北离北京近。"

他看着我,时间像是静止了一样,然后他抿了抿嘴,把筷子放在碗上。我看见他后面的空气仿佛凝固了。

"你知道她结婚了吗?"王伟说。

"谁?"我问,然后又说,"不可能,你怎么知道?"

"上个月,你看看。"他拿出手机,给我看。上面是小芳发的朋友圈,小芳穿着婚纱,笑得很开心。

我连忙拿出手机,她的专属手机。

我看不到她的朋友圈。

我是最后一个知道的吗? 可是,她为什么屏蔽我?

"不可能,我为什么看不到?"我情绪有些崩溃。

"初生,你别这样。"他抓着我的手。

我一把挣脱开,像天塌了下来。虽然早就感觉到了,但当事实摆在眼前时,还是如天打五雷轰,把我的身体和灵魂劈得粉碎。

那个男的是谁? 对她好吗? 她为什么不告诉我? 我为什么看不见她的朋友圈? 什么时候发生的? 如果是这样,那她为什么当初要亲我? 我做错了什么? 是因为我没钱吗……

天啊,这让我怎么活。

我笑了,笑得好苍白,好无力。

"初生……"

"我没事，我想点碗面。"说着，我站了起来，朝门口走去，跌跌撞撞出了门。

"收银台在这边……"我听到王伟在店内喊。

出了店门，我开始奔跑，感觉心要跳出我的嘴巴，一腔热血在腹部涌动。跑着跑着，下起了雨，那雨水打湿了我的衣裳，脸上分不清是汗水还是雨水，总之，没有一滴眼泪。我大笑着、讥笑着、苦笑着、微笑着、爆笑着、干笑着、狞笑着。

跑累了，我停在雨中，继续努力让自己笑起来，真佩服我还能笑出来。

笑怎么了？我才没有心碎，没有寂寞，没有难过。

怎么，老天，你剥夺了我的所有，我连笑的资格都没了吗？

我是有罪吗？还是我犯了什么天大的错，要这么惩罚我？还是，我就不应该留在这个世上？

还是，十八岁的时候，我就不应该活下来？

在雨中，我漫步着，我看着天上的乌云，它们一会儿排列成动物，一会儿组装成笑脸。我一直在雨中，等待着雨停。

我摸出手机，打通了小芳的电话。

"怎么了？"她很冷静地说。

"嗯……"

"你没事吧？"电话那头说。

"我的钱没了……"我说。

"什么钱？"她问我。

"我想买房子的钱。"我说。

"你等等，我找个没人的地方。"小芳说。

我站在原地，等她继续说话。

她问："怎么了？报警了吗？"

我没说话，突然哭了，眼泪不停地流下来。这是我十八岁后，第一次哭成这个样子。

"你是在哭吗？你怎么了？"她在电话那边一直问着。

"我的钱没了……"我一边重复，一边哭着。

"初生，你在哪？初生……"

"我的钱没了……"我一边哭，一边挂断了电话，然后关了机。

"我的钱没了。"我跪在地上，眼泪鼻涕流到嘴里，那味道像大海一样。

好久没哭了，让我哭到断肠吧。

对不起，谢谢，这世界，请你嘲笑我有多狼狈吧。

7

什么时候能要回这笔钱，没人知道。算了，我也不想知道，这钱对我没什么用了。

没有小芳,买房子有什么用?

我是慢慢知道的,毕业前,她和前男友分了手,前男友回了老家成都,而她想要留在北京。路不相同,就分别了。毕业季本身就是分手的季节,我是运气好,毕业季遇到了她分手,遇到了那个吻。

她应该是翻了整本电话簿,才找到一个随时可以去看她的人。

这个人,花了三个多小时就来到她的身边,却用了十多年都走不进她的心。

我是个垫背的,是个备胎,她从来没爱过我,她只是用我度过无聊的时光,或者,她只是可怜我,觉得我是一个没有人要的可怜虫。我理解,换作是我,我也会大发慈悲可怜那个从小父亲不疼母亲不要的人。是我自作多情,才会觉得她曾经爱过我,话说回来,谁会爱我呢?我就是一条蛆,应该永远生活在下水道。一条蛆,怎么配有爱呢?我就应该死在十八岁的那个中午,那海水里,那阳光下,这一切才都完美了。

可是这一晃,我都快三十岁了。

那个救我的人,一定是在骗我,谁说三十岁一切都会好?

我应该期待爱吗?我想不应该。

因为有了爱终究还是会离开,有了期待终究还是会无奈,与其这样,当初就不应该期待。

我就这样,颓废了好多天。生日前,我还是斗胆发了条信息给小芳："我下周生日，我们可以一起过吗？"

没想到，她回复我了："来我家过生日吧，见见我的老公，我介绍你们认识。"

"好。"

我不知道这是期待还是恐惧，或许两种情绪都有，期待是我终于可以和她见面，恐惧是不知道她老公是个什么样的人。

但我很快战胜了恐惧的心态，我就是小芳的好朋友，我跟她一点关系都没有，我过生日她请我吃饭，多年的同学，这有问题吗？他们都结婚了，我又能怎么样呢？

想到这儿，我不害怕了。

我辞掉了骑手的工作，静静等待着三十岁的到来。

没过几天，我接到小芳的电话，她说："初生，你生日那天不行，我们要去见他妈妈，他妈妈八十大寿。咱们提前两天吧？"

我已经在床上躺了好几天，本来也没什么事，于是我说："好的。"

我一个人提前到了北京，找了半天，来到了他们的小区，在楼下买了点水果，又找了很久，才来到了他们家。开门的是一个男士，约莫一米七的个子，头顶没有了头发，鼻毛也不听话地从鼻孔里露出来，他穿着很随意的衬衣，一口地道的北京腔："哟！来了！"

"叔叔好。"我说。

"叫谁叔叔呢？胡闹。"他说。

　　我一边换着鞋子，一边打量着这个人，哦，原来这人就是小芳的老公。他看起来有四十多岁，可能还不止，像是一个土老板……想到就是这个人每天和她牵手、接吻、睡在一起……那，他一定对她很好，一定很爱她，一定离不开她吧。

　　"你就是初生？我听说过你的故事，你能到今天不容易。"他一屁股坐在了沙发上，像是要坐垮整张沙发。

　　"谢谢。"我说。

　　他坐在电视机前的沙发上，看着直播的足球比赛，示意我坐在另一边的沙发上。

　　"小芳呢？"我问。

　　"来啦！"她穿着围裙，从厨房里走出来，那是我梦里的模样。

　　"你们先聊，半小时开饭。"她说完，就又钻进了厨房。

　　他们家好大，至少有三居室，能在北京买得起这么大的房子，家里应该很有钱吧。这个男人应该很努力吧。

　　我坐在沙发上，两手放在膝盖上，看着电视里的球从一边踢到另一边，用余光看见他目不转睛地盯着电视，时不时欢呼雀跃，时不时拍着大腿。不知道该说什么，于是我跟着一起看电视，直到小芳叫："开饭了。"

　　我们三个人坐在桌子边，桌上有六个菜，还有一瓶酒，三副碗筷，整整齐齐，像是列队朝着主席台致敬。

　　我们全程没什么话，倒是那男人张罗着说喝两杯，我陪着喝,小芳说她就不喝了。

我说,好日子,为什么不喝点?

她捂着嘴笑,说,过七个月你就知道了。

没喝两杯,就已经微醺了,我强忍着让自己不说话,听那个男人越喝越开心,讲"这个可能是假球""蓝队该换教练了"……

听他"口吐莲花",全程没有一句"生日快乐",我如同遨游在云霄里,酒精的作用,让我感到身体越来越轻,也越来越不害怕了。

我大胆地看了眼小芳,她的脸上好像泛起了红晕,像是在我十八岁那年的班会上鼓励我的样子。那人很显然喝高了,然后不知道为什么,突然把筷子摔在地上,然后一抹脸,一口把杯里的酒喝完:"就不应该买这支队。"

然后他看了眼小芳:"愣着干吗,给我拿双筷子啊。"

小芳赶紧起身,我一把按住她的手,说:"我去拿。"

我走进厨房,寻摸了半天,才找到放筷子的地方,把筷子拿了出去,放在那男人的碗上。

那男人刚准备吃,突然接了个电话,骂骂咧咧了几句后,跟小芳说:"我晚上还有事,你陪你朋友聊聊。"

说完,他就穿上外套出去了。

房间里,只剩我和小芳,借着酒劲,我努力抬起了头,看见她的脸。她的脸上没有一丝笑容,反而充满着埋怨和说不出的难过。可是没过多久,她还是举起了手中的水,说:"初生,生日快乐。"

这回是我笑了。

"他对你好吗?"我问。

"好着呢。"她说。

"那就好。"我说。

"哦对了,我给你买了蛋糕。"说完,她站起来从冰箱里拿出一个小蛋糕,插上蜡烛,点亮了整个冬天。她说:"许个愿吧。"

我闭上眼睛,想许愿,可脑子里一片空白。睁开眼,我吹灭蜡烛,这冬天忽然暗淡了。

"你幸福吗?"我不知道自己哪里来的胆子。

"我幸福啊。"她说。

我明明看见了她眼角的泪光。

"为什么是他?"我问。

接着,她说出了我这辈子都不可能忘掉的话:"你觉得,我们这样的人还有什么选择吗?"

是啊,我们这种人,还有什么选择吗?

"你是我全部的希望。"我说。

"初生,你三十了,要有其他的希望。"她摸了摸自己的肚子,像是感受到了未来。

"我准备给这孩子起名叫希望。"

"我们都是普通家庭出来的孩子,从小我父母就希望我留在北京,我也靠着自己的努力留在了北京,这孩子一出生就是北京户口,就不用留在小县城。你看,他就是我这代人的希望。

初　生

下一代总要给上一代希望,就像我嫁到北京来也给了爸妈希望。"

不知为什么,我感觉这希望沉甸甸的,压得我喘不过气。

三十岁了,一无所有,谁能给我希望。

我在小芳家待了一会儿,还是找理由走了,刚下楼,我的心一阵刺痛。我不觉得小芳幸福,她只是无奈,她觉得自己没选择,其实她有。她可以选择我,如果我努努力,是不是还能争取到她? 哪怕她怀孕了,我可以和她一起养。

我一边想着,一边跑着。

每次都是这样,只有跑着,才能想得更明白。

不,我还是不要破坏她的生活了,她一定是经过深思熟虑的。

我一直跑着。

可是,万一我回去找她,她答应了呢? 万一有机会呢,我不开口怎么知道没有机会呢?

我继续跑着。

算了,像我这样的人,哪还有什么机会?

跑着跑着,天已经完全黑了下来,我看着天上的星星,一闪一闪亮晶晶。

我明白,所以,我还是被抛弃了:出生的时候被父母抛弃,十八岁的时候被世界抛弃;还有两天就三十岁了,我被爱情抛弃。

我回到家,躺在床上,静静地睡去。

我梦到了大海,梦到了它的苦涩和咸。

早上起来,我依旧不知道要不要跟小芳大胆地表达自己的爱,我下不了决心,不知道这么做是不是对的,突发奇想:我想去看大海。明天,我就三十了,我想一个人在海边,过完三十岁的生日。

其实,我是想在海边做一个了断。

那个救我的人,你骗了我十多年,你凭什么告诉我三十岁时我会更好?

我又买了去三亚的机票,一个人来到机场,过了安检。我的脚步无比沉重。忽然,广播通知,飞机晚点。我耐心等待着,希望情况好转,尽快起飞,我想快些看到大海。

谁想到,广播再次通知,航班取消,明天才能飞到三亚。

当天夜里的十二点,我点燃一支烟,在航空公司安排的宾馆里,自己给自己唱了一首生日快乐歌:

三十岁了,什么也没有,祝我生日快乐。

不过,谁知道今天是不是我的生日呢?我在哪儿出生、真正的生日是哪天都不知道。这生日是养父母定下来的日子,也是给自己的安慰。

想到这儿,我睡着了。

我没有吃安眠药,我睡着了。

了断前,让我睡个好觉。

第二天,是一个阴雨天,谁想到这种天气,飞机竟然起飞了。我选择了一个靠窗的位置,想在最后的日子,看看天空。

初　生

飞机起飞的时候，我看到外面阴森森的，飞机穿过云层，满世界的云彩朝着我飞来，一段颠簸后，万里无云，脚下是一片洁白。

我飞到了云彩上，世间万物，在我脚下。

下了飞机，我在街边吃了一个椰子，心想，是时候看一看大海了。

于是我打了辆车，不知不觉，竟然来到了熟悉的海边——当年，我就是在这片海里被救起来的。这片海，还是原来的模样。同样的街道，同样的蓝天，同样的大海，同样的花草树木，同样的人。

我走到山坡上，看见一个男孩在海边，衣服的颜色和海与天空的颜色一样，他步履蹒跚，像是喝多了，正在一步一步走向大海。

那一瞬间，我像是被雷劈中一样，我突然明白了，那个男孩是十二年前的自己。

那个救自己的人，原来是十二年后的自己。

8

你相信这个世界会有轮回吗？

而这件事，就发生在我的身上。我不记得是尼采还是哪位

初　生

哲学家说过轮回,那是我小时候看的书,名字叫《悲剧的诞生》,如果是真的,那对我来说,接下来的选择可算是悲剧了。

看着他,不,我自己,一步步走入大海,我应该怎么做?

这时,摆在我面前有两条路:

如果救他,他接下来的生活和我一样,三十年来,一无所有。

如果不救,他可以现在就终结生命,留在最好的花季里,不用看到他的明天、我今天的绝望。

我不停地纠结着,心想要不要让眼前这个少年再受十二年的苦,还是现在就让他解脱?

我决定了,让他离开吧,要不然到我这个年纪,还要继续纠结。

我看着他一步步走进大海,海水打湿了他的球鞋和裤腿。

我知道他有多么悲痛,那些没有人能理解的孤独,那些亲人的背叛,那一次次的希望后一次次地被抛弃。

初生,你要知道,这样的痛,不仅仅是在青春里,三十岁前,你还要经历许多这样的苦痛。

算了吧,去吧。

如果能在十八岁就闭上眼睛,也是一种幸福。

不要以为十八岁的时候,人没有选择;三十岁的时候,人更没有选择。

我看着他继续往海里面走着,海水已经到了他的腰,他晃晃悠悠地继续朝着地平线前行,直到海水淹没了他的胸。

可是，人真的没有选择吗？

如果没有选择，我为什么能活到今天？

可是，人生真的没有意义吗？

如果没有意义，那些我做出的努力算什么？那些让我温暖的事情是什么？小芳的那个吻算什么？王伟请我喝的酒算什么？我走过的路见过的风景算什么？我看见的大海蓝天又算什么……

他继续走着。这回，海水淹到了他的脖子，他一个踉跄，摔进大海里，扑腾了几下，就沉了下去。

不……

他不能死，我也不能。

可是，生活到底有没有意义？

不，无论有没有意义，先活下来。

我一个箭步冲了过去，丢掉口袋里的钱包手机，跳进大海，在冰冷的海水里打捞那个少年，海水的冰冷让我刺骨地清醒。我胡乱摸着海水，直到一把抓住了他，我用力把他从水里扯出来，他已经浑身湿透，动弹不得。

我想拖着他一步步走到岸边，奈何他被水打得太湿，沉重不堪。我用双臂夹在他的腋下，一步步挪到海边，我贴在他的耳旁，一边朝着岸边用力扯他，一边说："初生，你要努力活到三十岁，那时，会看到更好的世界。"

我感到了他的温度和心跳，太好了，他没死。

初　生

终于,我把他拖上了岸,看着他消瘦的模样,仿佛这些年从来没有变过。

孩子,长大后你会发现,这都是小事儿,都会过去的。那些网民,谁能真正伤害得了你呢?他们都会忘掉你的。生活是自己的,和别人无关,能伤害你的,只有你自己。

能救你的,也只有你自己。

说完,我拿出那部小芳专属的手机,拨打了120。

打完120,我把手机留在了少年身旁,我拍了拍少年,起了身。没走几步,我又回头看了眼留在地上的手机,笑了笑,走了。

加油啊少年,还是那句话:能救你的,只有你自己。

我走上沙丘,被一个戴鸭舌帽的人撞了一下,撞得不轻,我往后猛地退了好几步,还连连道歉。

但很快,我就忘了这件事,我继续走着,想着那个少年。

走了没多远,我才意识到那个人——那人络腮胡子,鸭舌帽压到看不见眼睛和鼻子,只露出一张嘴,这张嘴越看越眼熟,这条路和这片海滩几乎没有人,走哪儿不行,为什么要突然撞我——"坏了,小偷。"

我一转身,那人已经消失不见,我赶紧摸了摸口袋,幸运的是,钱包和另一部手机都在。我拿出手机和钱包检查,忽然发现,口袋里多了一张字条。

我打开字条,上面写了一句话,我若有所思地点了点头,"噗嗤"一声,笑了。

我准备忘掉小芳了。

路还长,我一个人慢慢走。

又走了几步,我拿起电话,打给王伟。

"你那边还需要人吗?"我问。

"把哥们当什么人了,什么叫需要人? 这就是你家,你来,咱们兄弟干票大的。"他在电话那边说。

"你等我,我明天从三亚回去,好,咱们一起干票大的。"我说。

阳光照在我的脸上,我坚定地看着远方,像是看着未来。

9

字条上写着一句话:千万不要去找抛弃过你的人。

反面一句话:四十岁的时候,你会特别幸福。

10

太阳把大海晒成了天空的颜色,我们的记忆留在岁月的长河中,被永远循环着。

我今年四十岁了,已经是个不折不扣的大叔,但还是一个人,没有结婚,没有孩子。我一个人来到海边,因为我隐约记得,今天要和一个老朋友相会。

这些年,创业两次失败,日子还是艰难。

如果说这些年最受益的一句话是什么,我想,就是这一句:能鼓励自己的,只有自己。

上周,我第二次创业失败,欠了很多钱。日子也陷入了绝望,但我没打算不还钱,也没打算自杀,只是觉得生活特别没劲儿,我已经没了三十岁时创业的动力。

但现在不是自己鼓励自己的时候,我已经过了要喝鸡汤才能打鸡血的年纪。现在,都是我去鼓励别人,就像我的这位老朋友,他更需要我去鼓励。

我看了看表,又抬头看了眼太阳。冬日艳阳高照,正是出门的好时间,我戴着鸭舌帽,走向海边。走了几步,突然想起,重要的东西没拿,我赶紧跑回酒店,从酒店的记事簿上撕下一张纸，写上那句我酝酿很久的话带在身上。

我走到海边，看见我的老朋友正把一个少年从海里拖出来，还留下了自己的手机，我知道我的机会来了。

看见他远远走来，我压低了鸭舌帽，迎了过去。

再次撞到他的时候，心里一阵温暖，阳光照在脸颊上，显得格外明亮，完成了这次约定，我一个人走向海边，看着大海。想着刚刚申请破产的公司，还有一群跟着我奋斗的伙伴……

想到这儿，感觉头上的太阳暗淡了许多。

我看见几个老人在遛弯儿，还有个人坐着轮椅从远处过来，他们都老了，我还年轻着，可四十岁也不年轻了，我还能重新开始吗？看着人越来越多，我想，我要回去遣散员工，收拾残局了。

该面对的，总要面对，这么多年，风风雨雨都过来了。这又算什么？

我插着兜，摘掉鸭舌帽，沿着海边走，走着走着，看见沙滩上，写着一句话。这句话正朝着我，从浅沙写到深沙，海浪一次次袭来，却刚好每次都没有打到那行字：

"明天又是新的一天，四十岁才刚刚开始。"

我抬头，看到一个背影，有一个大概五十岁的男人，也插着兜，一头白发，但走得很矫健。他的身材跟我差不多，体形也很像，但比我精神不少。

我不知道那行字是不是他写给我的，就当是吧。

11

一个画家吃完了午餐,擦了擦嘴,悠闲地躺在沙发上看着电视。换了一圈电视频道后,他望了望窗外,窗外阳光刺眼,他拉上窗帘走进画室,悠闲地点燃一根烟。

他揭开画布,一幅画映入眼帘:

艳阳当空,海平面和天边连接在一起,无边无际。

一个三十岁的人,打着电话,上了一辆的士。

一个四十岁的人戴着鸭舌帽,在看着地上的字,沉思着。

一个五十岁的人,微笑着,手插着兜走着路。

一个六十岁的人在不远处,一个七十岁的人在不远处,一个八十岁坐着轮椅的人在不远处……

没过一会儿,太阳开始落山了,阳光变得格外温暖明亮。

那些人都各自散去,只剩下海滩上的少年,青春洋溢,如初生一般。